Des héros et des vilains sont mis ensemble
d'une manière bon gré mal gré à l'université!

Cette découverte est faite par Stan
pendant son premier soir dans le dortoir!

Il aimait ça concernant l'université.

Stan a rencontré des voyous de la cité
et des belles de nuit rurales
lorsqu'il est parti de l'Ohio River Valley
afin d'obtenir une éducation.

Il a appris qu'un pénis n'est pas un pénis
et qu'une dance d'une strip-teaseuse pourrait coûter
$20.

Stan a aussi découvert comment
il pouvait devenir mauvais.

Il a regardé la destruction en face
et a décidé ce qu'il voulait
devenir.

Autres titres de MDEW Press

Confessions of Impotence/Lionel Jonkin
  (Édition anglaise)—ISBN-10: 1461014956

Confessions of Impotence/Lionel Jonkin
  (Édition en gros caractère et en anglais/Standards
  NAVH) ISBN-10: 1461027977

All About Stories: Tell & Sell/Dr. Rose Carlin
  (Édition standard et en anglais: Guide pour
  raconter des histoires, écrire des histoires, le
  marketing et publier—ISBN-10: 1448636310

All About Stories: (Édition en gros caractère et en
  anglais/Standards NAVH/Dr. Rose Carlin—
  ISBN-10: 1449514537

La distribution est à travers
Ingram/LSI and Baker & Taylor.

MDEW.org

Confessions

d'impuissance

Lionel Jonkin, auteur

Selma Khenissi, traductrice

(C) 2012 Dr. Rose Carlin

MDEW Press

Informations pour catalogage :
    Jonkin, Lionel, auteur; Selma Khenissi, traductrice

    Confessions d'impuissance /Lionel Jonkin
        p.m.
    ISBN-10 : 0615517544   ISBN-13 : 978-0615517544
    1. Fiction humoristique. 2. Fiction d'Ohio. 3. Roman de maturité.
    4. Vie universitaire – perspective de l'homme. 5. Impuissance
    6. The Ohio State University – fiction

            I. Title. II. Auteur. III. Traductrice
PS 161.F   **843.J**

            **La distribution est à travers
        Ingram/LSI and Baker & Taylor.
        Aussi disponible sur Internet.**

            **lioneljonkin@usa.com
                mdew.org**

Reconnaissance

Ce roman a été inspiré par un commentaire fait par le professeur Orrin Wang. Il était en train d'estimer le statut symbolique de l'archétype du phallus aujourd'hui. Ce commentaire a résulté dans la visualisation initiale d'un personnage d'université fictif. Ce personnage vivait son premier jour dans une résidence universitaire. Pendant ce temps, il était en train d'accepter sa propre sexualité et d'assumer des responsabilités d'adulte qui étaient loin de son champ précédent. À partir de ce moment-là, le personnage fictif a contribué à transporter l'œuvre au point de présenter un jeune homme qui mûrit et qui avait un problème qu'il ne voulait pas vraiment discuter avec tout le monde – mais il se sentait obligé de le faire.

Les notes:

Dédicace

Je suis endettée et reconnaissante envers
ma mère
qui m'avait obligée
de payer vingt-cinq cents pour
chaque faute de français que j'avais faite
à un certain moment.

Les notes:

Des Notes de la traductrice

Je suis consciente du fait que quelques mots comme West Virginia sont traduits en français par des mots différents. Cette action fait perdre la vraie signification des mots. Donc j'ai gardé certains mots en anglais afin de permettre au lecteur ou lectrice de se mettre dans la peau du personnage principal qui vit aux États-Unis.

Il y a quelques anglicismes dans la traduction mais je n'ai pas eu le choix. C'était la seule manière de garder l'intégrité du texte.

J'ai aussi préservé le texte au point où plusieurs interprétations sont permises.

J'espère que la lecture de la traduction sera agréable pour vous, le lecteur ou la lectrice.

Je remercie ma maman qui m'a poussé à apprendre le français dès la maternelle et qui a corrigé mes fautes de français. Je remercie aussi quelques professeurs et quelques amies de jeunesse qui m'ont aidé à améliorer mon français.

Bonne lecture !

Les notes:

x

Confessions

d'impuissance

Les notes:

🏆 1

Mon camarade de chambre de dortoir a ramené une petite copine dans notre dortoir le premier soir que nous étions au campus, et ils ont commencé à avoir des relations plus intimes avec ardeur et intensité et moi j'étais éveillé dans mon lit au-dessus d'eux en train de les regarder. Ils sont entrés par la porte, et Jack a essayé de l'emmener vers son lit qui est au-dessous du mien. Elle a résisté.

Elle a dit dans un chuchotement intense, "Nan, on va sûrement réveiller ton camarade de chambre."

Sa voix suggérait qu'elle était ivre. Où il l'avait trouvé dans son premier soir au campus je n'avais aucune idée. Peut-être qu'ils se connaissaient déjà. Elle avait une de ces coiffures bouffantes qui étaient populaires avec les filles rurales pendant cette période spécifique. La frange a été élevée de 7,5 cm de son front dans une spirale qui reflétait la lumière de la lune qui venait des fenêtres du coin. Je n'avais aucune idée d'où venait l'origine de ce style non plus. Il existe beaucoup de choses dans le monde qui continuent à me rendre confus.

La chambre où mes parents et les parents de Jack nous ont aidés à y habiter avait des lits superposés au côté de l'est de la chambre et un siège côté fenêtre vulgairement rembourré au côté de l'ouest, où les fenêtres du coin touchaient. Les coussins qui étaient de la couleur de la mer étaient juste assez larges pour les utiliser comme un lit pour un invité, si la personne concernée pouvait dormir avec ses jambes sous elle. Il y avait une table avec une lampe qui était incorporée dans un coin, et si nécessaire, un coussin aurait pu être mis pour dormir si le coussin était mis latéralement et sur une pente correcte. La lampe aux rayures bleues et ivoires aurait dû être placée sur le meuble d'étudiant le plus près.

Il y avait deux meubles d'étudiant dans l'espace entre le siège qui était près de la fenêtre et vers le mur du nord il y avait deux armoires et un placard divisé en deux et avec des portes coulissantes. Glisse la porte vers un côté pour révéler la garde-robe de Jack. Glisse la porte de l'autre côté pour révéler la mienne. Néanmoins, le placard était encore vide parce que nous n'avions pas encore vidé nos bagages. Jack et sa petite amie tombaient par hasard sur les boîtes et les valises qui étaient au milieu de la chambre lorsqu'ils commençaient à enlever les habits de l'un et l'autre et les jeter sur les paquets.

La place entière sentait de la peinture fraîche et le parfum de la petite amie de Jack – de la lavande, je crois. Peut-être que c'était la lavande que les femmes mettaient dans les tiroirs sous la forme de petits sachets. Ma grand-mère faisait cela. Oui, le dortoir sentait de la peinture fraîche, de la lavande et d'un rapport sexuel.

Nos mères auraient vidé nos bagages pour nous et mis toutes nos affaires en ordre, mais nos pères les ont empêchées afin de ne pas donner l'impression que ces étudiants de première année étaient trop gâtés. Pendant un mois, les deux femmes se contactaient par téléphone portable et coordonnaient nos couettes et nos serviettes.

Papa les a attrapées et les a grondées, disant « Mais leurs dortoirs ne sont pas supposés ressembler à des photos d'un magazine de maison et de jardin! Laissez-les tranquilles. Allez-vous le faire ? »

Maman avait répondu, « Bon, nous allons juste nous assurer que l'un d'eux n'apporte pas des choses de couleur citron vert et l'autre du violet. Je ne vois pas ce qu'il y a de mauvais en leur fournissant des couettes qui ont le même ton de bleu et notre décision d'avoir des serviettes noires sera la plus utile. Je ne peux pas imaginer Stan prendre le temps pour blanchir des serviettes blanches. Tout ce qu'on a fait c'est leur acheter du linge noir afin d'aller avec les couettes bleues. »

Papa a dit, « Pour le moment. Maintenant, arrêtez avant que vous n'alliez très loin. Ils peuvent avoir des posters des librairies. D'ailleurs, vous voulez laisser quelque chose pour leurs petites amies à faire. »

Au fait, à propos de cette remarque, maman avait rougi. Peut-être qu'elle pensait à la même scène dont j'étais témoin – néanmoins je parie qu'elle ne s'attendait pas à ce que j'aurais vu une orgie le premier soir – où peut-être qu'elle s'y attendait.

Mes deux parents sont des diplômés d'université, donc qui sait comment étaient leurs expériences universitaires dans ce domaine particulier.

Pendant mon premier soir à Ohio State, il y avait la lune. Celle-ci et les lampadaires du campus projetaient de la lumière sur le corps de Jack, qui était en train de devenir de plus en plus nu. La même chose pour le corps de sa petite amie. Tout cela dans notre dortoir. Nous étions situés au cinquième étage de la tour du sud qui était près de la rivière. Cette rivière coulait généralement au nord et au sud où le bord du centre du campus était situé. L'amicale où il y avait du bowling était tout près. Même chose pour le stade de football américain qui était grand et en forme d'un fer à cheval. Il n'y avait presque aucune voiture qui passait, donc ce que j'ai vu de Jack et de sa petite amie n'était pas taché par la lumière qui provenait des phares et qui atterrissait au cinquième étage. Je pense que c'était un peu après une heure du matin.

À l'exception de la bizarrerie régionale de sa frange, sa compagne était belle dans la lumière sombre et avec la lumière de la lune qui touchait ses seins nus lorsque Jack lui a enlevé son soutien-gorge.

Jack a dit avec force, « Je te désire, chérie ! »

Elle a répondu, « Tais-toi ! Tu vas le réveiller. Si cela arrive, où est-ce qu'on pourrait y aller ? »

Jack a chuchoté, mais je pouvais encore l'entendre, « Chez toi, bien sûr. »

Elle a dit « Ça c'est simplement une idée stupide. Je suis dans une association d'étudiantes et la seule raison pourquoi je puisse être dehors si tard ce soir est parce qu'elles pensent que je suis chez mon cousin à Whetstone. »

Jack dit, « Une meuf qui ment. Ça j'adore. »

Pendant une seconde, je pensais qu'il allait dire qu'il aime cette salope. Peut-être qu'elle pensait aussi la même chose. Mais il avait évité cette déclaration. Elle ne l'avait pas mis à l'épreuve en lui demandant, « Tu aimes l'acte, ou tu m'aimes. » Elle avait juste laissé son commentaire tranquille et avait défait la fermeture à glissière de Jack. J'allais juste apprendre si mon camarade de chambre portait un slip ou des shorts ou rien du tout.

À ce moment-là, il tirait la culotte de sa compagne. Elle commençait à l'aider dès qu'il était en plein vue. Leurs mains étaient partout. Il a donné un coup de pied à ses chaussures de sport sans les délacer. Elle avait retenu ses bottes à talons jusqu'à la dernière minute. Puis elle devait s'asseoir pendant que Jack enlevait ses bottes et les jambes de ses jeans. Ses seins demeuraient brillants dans la lumière qui venait des deux fenêtres du coin, mais ses poils du pubis étaient maintenant dans l'ombre. J'ai jeté un coup d'œil lorsque Jack l'avait poussée avec espièglerie sur le siège près de la fenêtre, afin de l'avoir nue.

Ses mains sont allées vers son érection – alors que je restais mou.

C'était à ce moment-ci que je savais à 100% que j'avais un problème. Il y avait du sexe devant moi. Intellectuellement, j'étais très actif. Physiquement, je ne pouvais rien faire.

Ça, c'était le matin avant mon premier cours d'université. Lorsque je regardais Jack la prendre, mes pensées consistaient à ce que mon père disait pendant plusieurs années, lorsque j'échouais à emmener le nom de famille à la prochaine génération. Ce n'était pas une perspective agréable. Comment pourrais-je avoir des descendants si je ne pouvais pas bander ? Une femme ne resterait jamais avec moi sauf si je pouvais agir comme Jack.

À un certain moment, juste avant que Jack l'avait pénétrée, sa petite amie s'était alarmée et avait dit, « Jack ! Ses yeux sont ouverts. Il est en train de nous regarder ! »

Immédiatement j'ai plissé mes yeux encore plus, comme ça mes cils couperaient tout reflet de la lumière de mes globes oculaires, mais je ne voulais pas fermer mes yeux complètement. La raison c'est que je désirais regarder ce qu'ils étaient en train de faire, comme ça je peux fermer mes yeux complètement, si l'un d'eux tout d'un coup s'est levé pour vérifier de tout près. J'essayais de garder ma respiration tranquille malgré le fait que les deux sont là, nus, et en pleine vue.

Jack lui a dit, « Chérie, tu es en train d'imaginer cela. Il est mort pour le monde. Allez. J'ai besoin de toi tout de suite, chérie. »

Avec cela, il l'a pénétrée, et tous les deux m'ont oublié.

Je l'ai regardé le faire – comme ça je saurais certainement comment c'est fait – si j'aurais la chance de le faire.

Je suis devenu un voyeur dans mon propre dortoir.

♛ 2

Que puis-je dire à propos de l'université après ce genre de premier soir ? Ohio State est un de ces campus énormes (plus de 400 acres) avec plus de 30 000 élèves où pendant fin septembre et pendant début octobre il y a 10 000 qui ne sont jamais venus ici avant. Un groupe différent de 10 000 étudiants errent chaque septembre et octobre, essayant de trouver le chemin sans utiliser une carte visible qui révèlerait aux autres qu'ils sont nouveaux à l'université.

Parmi les 10 000 personnes, pas tout le monde est un étudiant. Avec le personnel, il y a 100 000 personnes sur ce campus pendant l'année scolaire. Les étudiants constituent un pourcentage important de la main-d'œuvre. Il y a même des gens qui vendent de la bière sur le campus, mais puisque je n'ai que dix-huit ans, je ne pouvais pas en acheter. Ni meuf, ni bière et cinq cours à trouver sans être en retard à aucun d'eux – je cherchais quelque chose qui pourrait rendre ma vie plus riche en plus du tennis et de l'ingénierie civile.

En plus d'avoir assez de sommeil, comme ça je pourrais être éveillé pour regarder Jack et sa petite amie à chaque fois, je devais faire 12 heures d'étude sportive chaque semaine – sans ordinateur disponible sur la table d'étude obligatoire. Je reste aujourd'hui un joueur de tennis au niveau compétitif et pendant ce temps-là, j'essayais d'atteindre la fac. J'avais des rêves d'atteindre des compétitions internationales. L'université était ma grande opportunité, car Ohio State avait assez d'argent pour envoyer nos équipes n'importe où, à condition qu'elles gagnaient.

Mon emploi du temps scolaire pendant mon premier quart de première année n'était pas intéressant du tout. J'avais de l'expression écrite et de la chimie et de la comptabilité plus deux sections d'éducation physique : De la danse sociale et du tennis. Papa avait insisté que je prenne une année de comptabilité, comme ça je pourrais avoir un jour mon propre cabinet d'ingénierie civile. Maman avait insisté que je prenne l'anglais pendant ma première année : L'expression écrite, la littérature, et la parole. Ce sont eux qui payaient les factures, donc ils avaient gagné ce round. J'avais la permission d'ajouter la chimie, le calcul, et la physique à ces cours-ci.

Je ne m'attendais pas à ce que j'avais seulement un professeur. Elle enseignait le cours de chimie dans un de ses amphithéâtres qui contiennent des centaines d'étudiants. Nous devions nous asseoir par ordre alphabétique. Des étudiants enseignants vérifiaient le taux de présence avec une feuille indiquant le placement des étudiants. J'ai découvert que mon cours de comptabilité était enseigné par un étudiant de comptabilité de quatrième année et qui était dans la catégorie d'honneurs. Ce gars n'avait même pas encore un diplôme universitaire. J'ai évité de partager ces nouvelles avec mes parents ! Tous mes autres instructeurs étaient des étudiants enseignants. On dirait que la philosophie d'enseignement consistait à ce que les étudiants de première année pouvaient établir un rapport plus facilement avec des instructeurs qui étaient plus près d'eux en ce qui concerne l'âge pendant leur première année d'université.

Même notre professeur de chimie était jeune. Elle avait les cheveux blonds et une voix fantastique en cours et un corps encore meilleur. Le taux de présence était bon, mais les examens étaient très difficiles.

Mes manuels et mes fournitures coûtaient à peu près le même prix que ma nourriture pour le quart ! Heureusement, Papa avait insisté à m'acheter un abonnement d'étudiant pour les matchs de football américain et de basket. Ces matchs étaient le point fort du calendrier social du campus – sauf si quelqu'un avait le goût pour les enseignants qui visitent.

Pendant cette première semaine, j'ai découvert qu'il y a quelque chose dans l'odeur d'une université que tu ne peux pas t'empêcher d'aimer. Je ne sais pas ce que c'est exactement, mais l'air lui-même est différent de celui d'un lycée. L'oxygène additionnel peut faire partie de la différence, ou peut-être les femmes portent ou plus ou une meilleure qualité de parfum.

Je ne sais pas si c'était comme ça dans le campus où tu es allé, mais pendant que le climat est chaud au campus d'Ohio State, les femmes s'étirent au soleil en shorts. Il y en a même qui le font en portant des hauts de bikini. Je devine qu'elles mettent leurs t-shirts et leurs jeans sur ces habits afin d'aller en cours parce que tu ne les vois pas porter en cours ces mêmes shorts courts dans lesquels elles prennent un bain de soleil entre les cours.

Il y a des jours où un vent chaud venant des prairies centrales va jusqu'à l'état d'Ohio. Il y a d'autres jours où une bruine se déplace du Golfe. Les gars jouent au frisbee et au touch football afin d'avoir une excuse pour rester dans le même endroit et de regarder longuement les jambes nues et le décolleté et même aller dans les endroits où les étudiantes qui prennent un bain de soleil sont lorsqu'un frisbee ou un football se perd. Puisqu'à ce moment je ne connaissais aucune personne à qui lancer aller-retour, je m'assois simplement et je m'appuis sur un tronc d'arbre et je prétendais que je lisais un manuel lorsque, au fait, je passais en revue les hauts bords des pages et regardais le spectacle de peaux. Les étudiants prudes de première année couvrent leurs livres avec des couvertures épaisses ou des feuilles de papier, comme ça ils ne se proclament pas. J'étais juste en train de me mêler et de ressembler à une partie naturelle de la scène.

Même si je ne peux pas bander, je peux encore avoir une joie à regarder une peau de femme, et j'anticipais la prochaine fois que Jack et sa petite amie avaient un rendez-vous sur notre siège commun près de la fenêtre. Si je ne pouvais pas faire l'acte, je pouvais au moins regarder et imaginer faire l'acte.

Ohio State a une tradition d'eau bizarre. Il y a une mare glauque qui s'appelle Mirror Lake tout près d'où quelques gens qui prennent un bain de soleil s'étirent sur la pelouse, et à côté de cet endroit il y a un petit bassin qui est juste assez grand pour que deux personnes et peut-être trois personnes intimes puissent s'asseoir sur le carrelage et laisser pendre leurs jambes dans l'eau froide. Cette eau est même froide pendant une journée à 38 degrés Celsius. La petite piscine cylindrique possède un courant d'eau qui est constant et qui va jusqu'à la mare. Le bord du bassin n'est pas élevé, donc c'est plutôt une mare qu'une fontaine.

L'histoire joue un rôle dans la coutume étrange de rendre possible l'acte de venir et mouiller une partie du corps dans la mare ou sinon de prendre de l'eau et la verser sur nous-mêmes. Les Américains Indiens ont gardé la croyance que les eaux du Mirror Lake ont des pouvoirs guérissants. Je ne sais pas s'il reste des gens qui croient en cela aujourd'hui. J'étais témoin de scènes de plusieurs personnes en train de regarder l'eau et de quelques enfants en train de jouer là-dedans pendant les journées chaudes, mais aucun d'eux ne paraissait malade.

La raison pourquoi je mentionne Mirror Lake est parce qu'il y a des arbres près de la mare, et au côté de l'est il y a un verger de grands arbres où il y a une coutume étrange. Les pratiquants de Tai Chi prennent un pas plus loin que les passionnés des arbres. Ohio State a des passionnés de Tai Chi qui se rencontrent régulièrement dans ce verger d'arbres afin de pratiquer ensemble. On dirait qu'ils ne disent rien. Du moins je ne les ai jamais entendus dire un seul mot entre eux-mêmes. On dirait qu'ils connaissent la routine par cœur. Ils restaient immobiles pendant de longs bouts de temps dans une position fixe.

La première fois que je suis passé par eux, je n'ai pas fait attention à eux initialement. Lorsque tout d'un coup j'ai pris conscience du fait qu'il y avait des gens dans des positions étranges près des arbres, j'étais vraiment étonné. Tout le monde restait dans la même position. Peut-être que c'était un art martial qui n'était pas du Tai Chi, mais c'était clairement une pratique asiatique. Néanmoins, on ne dirait pas que les gens à Ohio State qui étaient dans le groupe avaient des asiatiques lorsque je marchais ou j'étais assis tout près. Les gens ne parlaient pas d'eux. Ils apparaissaient juste là-bas de temps en temps et tranquillement gardaient leurs positions d'arts martiaux en silence.

Je commençais à m'asseoir à l'endroit entre ce que je pensais être le verger de Tai Chi et les femmes qui prennent des bains de soleil – comme mon repaire préféré pendant le climat doux. Si tu connais Ohio, 'le climat doux' est un terme relatif. Les femmes prennent des bains de soleil entre 15 degrés Celsius et 20 degrés Celsius, notamment pendant le printemps, lorsque nous étions tous fatigués de l'hiver. En septembre et en octobre, il peut encore faire entre 38 degrés Celsius et 42 degrés Celsius.

Je suis allé tout autour pour tous mes cours, j'ai obtenu tous mes programmes, j'ai acheté tous mes livres et quelques programmes d'ordinateur, et je suis arrivé pour m'entraîner avec l'équipe de tennis, et je suis allé à ma première salle d'étude athlétique. Chaque soir, je mets l'alarme de mon portable à 12h30 du matin – pour me réveiller juste au cas où j'en aurais besoin.

C'était mercredi avant que Jack avait ramené sa petite amie pour une autre session, mais cette fois c'était une personne différente, donc ils ont fait quelque chose de similaire à la première routine. Le clair de lune n'était pas aussi brillant. Néanmoins, cette fois je savais ce que j'allais voir, donc je n'avais même pas besoin de voir aussi clairement que la dernière fois afin d'apprécier cette scène. Cette meuf avait des seins encore plus gros, donc je me suis amusé. Elle a bougé encore plus que la précédente, et elle avait des poils du pubis encore plus foncés et elle n'avait pas la frange bouffante qui était à 7,5 cm du front. Dans l'ensemble, le deuxième matin était encore plus agréable à regarder que le premier.

J'attendais avec impatience un spectacle de variétés quelques fois par semaine pendant toute l'année, et je commençais à réfléchir comment je pouvais avoir Jack comme camarade de chambre pour l'année prochaine aussi ! J'ai décidé de m'obliger à acheter une pizza chaque week-end et de la partager avec lui. Cette action le cultiverait assez pour l'intéresser à partager un dortoir avec moi l'année prochaine.

♔ 3

Le premier match de football américain est venu, et je continuais à avoir des problèmes. J'avais commencé ma narration de 500 mots sur une expérience personnelle et j'ai commencé à lire mes manuels. Le cours de chimie avait un examen toutes les deux semaines. L'espoir de la saison de football américain universitaire, l'entraînement de tennis, et l'étude définissaient ma vie sociale personnelle. Le cours de danse sociale était à une phase maladroite mais j'ai gardé l'espoir, puisqu'il y avait quasiment deux jeunes femmes pour chaque homme dans la classe. Malheureusement, un nombre important d'entre elles paraissait plus âgé que moi.

J'ai mis mon équipement de stade de football, j'ai peint mon visage, et je suis allé à mon siège. Tout allait bien. Il y avait un recul passager lorsque l'équipe adversaire d'Illinois avait marqué avant nous, mais nous savions être patients lorsque notre équipe s'accoutume à un nouveau adversaire. Les étudiants de quatrième année sont partis, et nos étudiants de quatrième année étaient nouveaux aussi. Les deux équipes étaient en train de s'estimer dans leurs nouvelles configurations.

Nous avons sauté et nous avons proclamé un hourra. Nous nous sommes assis et nous avons hué. Tout allait normalement jusqu'à ce que j'ai vu cette fille à ma droite qui était assise quatre sièges loin de moi et elle était dans la rangée devant moi. Elle avait un petit cahier d'esquisse dans sa main et elle était en train de dessiner des photos du stade et quelques gens des équipes et quelques personnes de la foule. À mi-temps, elle avait dessiné chaque personne de l'orchestre. Son cahier d'esquisse coloré allait dans les pages blanches jusqu'à la reliure de cuir. Je m'asseyais avec ma concentration partagée entre le match de football américain et elle.

Je me suis posé la question si elle était une étudiante de première année aussi, et s'il y avait une manière de l'avoir, et si je l'avais, ce que je pourrais faire avec elle. Bien sûr, je pouvais m'imaginer faire ce que Jack faisait avec ses jeunes femmes, mais avec la lumière de la lune et les lampadaires, il avait quelque chose à quoi travailler avec. Je n'ai jamais fait plus que caresser les seins de ma compagne de prom, et je l'ai fait parce que je pensais qu'elle s'attendait à ce que j'essaye au moins quelque chose. Elle m'a poussé, et je ne sais pas avec certitude si elle l'a fait parce qu'elle n'attendait vraiment pas que je fasse quelque chose ou si elle n'a pas aimé comment je l'ai fait.

Ohio State avait gagné le match de football américain par trois points. Nos élèves étaient tous de bonne humeur, et la meuf aux talents artistiques est restée dans son siège lorsque le flot d'étudiants qui allait vers les barrières l'entourait. Elle s'asseyait avec sa tête tout près de son journal d'esquisse. J'étais debout afin de laisser les gens partir plus facilement, et je ne les ai pas suivis. J'étais encore en train de trouver les premiers mots pour la draguer et qui marcheraient.

Ce que j'ai essayé était de dire, « Peux-tu me dessiner que je puisse donner le portrait à ma Maman ? Je crois qu'elle l'aimerait fort bien. Dois-je payer ? »

Elle avait levé la tête avec des yeux qui étaient de la couleur de miel foncé, et je suis tombé amoureux. Bon, afin d'être honnête, j'étais aussi un peu amoureux de mon professeur de chimie, et elle avait 30 ans et elle portait une bague de mariage.

Cette meuf aux talents artistiques portait un t-shirt d'Ohio State avec un O écarlate et une feuille verte sur un côté. Elle avait les cheveux de couleur châtain clair, courts et bouclés.

Elle avait sur la partie basse de sa joue une de ces décalcomanies qui ont un O écarlate et une feuille verte que la librairie vend. Elle portait aussi un rouge à lèvres de couleur vive qui était du même ton général et du vernis à ongles qui est assorti au reste. Elle ne paraissait pas être avec des amis pendant le match mais elle ne paraissait pas effrayée d'avoir attiré mon attention non plus.

Elle a répondu, « Tu pourrais m'acheter de la pizza. Je pense. Mais je devrais faire ton portrait sur un plus grand carnet de croquis que celui-là – peut-être le prochain match ? Est-ce que tu as des billets pour la saison entière ? »

J'ai répondu, « Ouais, Papa est en train de me métamorphoser en un athlète. Je suis dans l'équipe de tennis. »

Elle a souri à ces mots, puis elle regardait qui pourrait nous voir ensemble, et puis elle a répondu, « Si tu es dans l'équipe de tennis, tu dois être un athlète déjà. Mon papa jouait ici dans le passé. C'est pour cela qu'il m'a acheté des billets pour la saison entière. »

J'ai dit, « Je crois que nous allons nous voir fréquemment pendant la saison de football américain cette année. »

Elle a répondu, « Je pense que c'est vrai. » Puis elle a ajouté, « Mon nom est Hazel. »

J'ai dit, « Mon nom est Stan. Donc… Tu étais née avec ces yeux de couleur de miel et tu étais nommée à cause d'eux, ou est-ce que tu étais nommée Hazel et puis les yeux ont suivi afin de se conformer au nom ? »

Hazel a dit, « La couleur de mes yeux vient de la famille de ma mère. La grand-mère de mon père était nommée Hazel. Je suis nommée après elle. »

J'ai dit, « Je suis nommé après le grand-père de mon père, Stanley, mais je ne suis pas un Stanley. Je suis un Stan. »

Elle a dit, « Oui, je vois la différence. Tu ressembles plutôt à un Stan qu'un Stanley. »

Je n'étais pas sûr de l'interprétation de ses mots. J'étais environ 175 cm et 70 kg pendant ce-moment là et j'étais la cible de blagues d'escogriffe. J'étais musclé et osseux à cause de mon sport – sauf que je ne pouvais pas bander. J'étais rapide et agile, et le cours d'e.p.s. de danse sociale commençait déjà à m'aider à mieux bouger dans le court de tennis.

L'idée de lui poser la question si elle était une étudiante de première année ne paraissait pas correcte. Peut-être qu'elle était une étudiante de deuxième année, et peut-être que ce n'est pas si important que ça. Certainement, si elle avait dit qu'elle partageait un appartement en dehors du campus, je saurais qu'elle ne pourrait pas être une étudiante de première année. Tous les étudiants de première année devaient vivre au campus. Les exceptions étaient ceux qui étaient dans le système de fraternités et d'associations d'étudiantes ou sinon vivaient avec un membre de la famille dans la ville.

Afin de continuer notre conversation, je lui ai demandé, « Peut-être tu veux faire un croquis d'entraînement rapide et avoir les sièges du stade comme contexte ? »

Hazel a dit, « J'en suis capable, mais si tu veux vraiment que je fasse un croquis de toi ici au prochain match pour ta maman, tu devrais peut-être éviter de mettre de la peinture sur ton visage pour un seul match ? »

J'ai dit, « Oh, ouais. Bien sûr, je pourrais faire cela. Je ne suis pas attaché ni à cette peinture ni à autre chose. » Je ne sais pas pourquoi j'ai dit ça – peut-être afin de paraître intelligent.

Elle a accepté mes mots sans réagir et elle s'est levée et est allée vers moi et semblait attendre quelque chose, donc je me suis assis et j'ai fait une pose. Cette action m'a donné du temps à l'étudier lorsqu'elle était en train de positionner son cahier d'esquisse sur un genou afin de le garder en équilibre lorsqu'elle dessinait. Son pied droit était sur le parterre, et son pied gauche était sur l'endroit où les sièges sont situés. Elle paraissait presque 15 cm plus petite que moi, et elle semblait peser peut-être 50 kg ou aux alentours. Hazel portait des jeans et des chaussures d'athlétisme – la tenue habituelle pour le football américain universitaire lorsque l'automne était encore chaud.

Quelques minutes plus tard, Hazel avait tourné la page vers moi et a dit, « Je ne déchire aucune page de ce cahier, sinon je te donnerai ce dessin. C'est vraiment trop petit pour ce que tu veux de toute façon. J'apporterai un bloc à dessin plus large la prochaine fois. Est-ce que tu pourrais arriver un peu tôt, comme ça je pourrais te dessiner avant que la foule n'arrive et puis remplir le dessin avec la foule pendant la mi-temps ? » J'ai dit, « Bien sûr, pourquoi pas ? Dis, est-ce que tu joues au bowling à l'amicale ? »

Elle a dit, « Je ne joue pas au bowling. Pour être plus spécifique, j'ai essayé, mais je suis nulle dans ce jeu. »

Donc me voici, Stan en train d'échouer encore une fois. Ou elle était en train de rejeter une proposition de rendez-vous, ou elle n'avait vraiment pas d'intérêt à jouer au bowling. Je ne pouvais pas savoir si elle manquait d'intérêt pour moi ou pour le bowling. Tout ce que je savais d'elle était qu'elle aimait dessiner et qu'elle s'est portée volontaire pour utiliser les billets de football américain que son père a payé pour elle.

Je suis resté dans mon siège, espérant qu'elle ne tournerait pas tout d'un coup et partait avant que je puisse trouver quelque chose d'autre à dire.

C'était nul, mais j'ai demandé, « Est-ce que tu étudies de l'art à l'université, Hazel ? »

Elle a montré une expression sur son visage et puis elle a dit, « Mes parents veulent que je fasse quelque chose de pratique comme l'éducation, et par cela ils ne veulent pas dire enseigner l'art. Ils veulent me préparer pour les niveaux de la maternelle jusqu'à la quatrième et puis bouger vers une position d'art au lycée plus tard en prenant des cours au niveau du troisième cycle. Mais est-ce que tu savais qu'ils obligent les étudiants d'enseigner pendant la première année, comme ça ils évitent d'entraîner des gens qui découvrent plus tard qu'ils détestent enseigner des classes ? Et je sais déjà que je déteste enseigner des classes. Je sens que je vais gaspiller cette année entière ! »

J'ai sauté sur ces mots et je lui ai demandé « Donc tu es une étudiante de première année ? Mais c'est parfait ! »

Elle paraissait si joyeuse qu'on dirait qu'elle n'a jamais été décrite comme parfaite ou sinon pas pendant très longtemps.

♟4

Hazel a dit, « Je confesse. Tu

dois être un… quoi ? Un étudiant de troisième année ? »

Cette déclaration m'a donné de la joie, et j'espérai que sa

question était sincère et que je paraissais comme un étudiant de

troisième année.

J'ai répondu, « Je suis juste grand. Je viens juste d'arriver

aussi. Je suis un étudiant de première année et de premier

quart. »

Elle a dit, « J'ai commencé à temps partiel cet été. Mes

parents m'ont laissé prendre un cours d'art pendant l'été, à

condition que je sois d'accord pour essayer l'enseignement. Je

vais le haïr. Je le sais. »

Donc je lui ai dit, « Bon, donne-toi la permission de le haïr, à condition que tes parents soient contents et que tu sois capable de maintenir tes notes à un niveau élevé. Mon père insiste que je prenne la comptabilité, et je n'ai aucun intérêt au monde dans la comptabilité. Tu peux faire ton art pendant les étés, vendre des choses, établir un nom pour toi-même ou ouvrir ta propre galerie avec ton salaire d'enseignement, et t'échapper pendant quelques années. »

Elle a posé la question suivante, « C'est ça ce que tu penses ? »

J'ai posé la question suivante, « Pourquoi pas. Tu vas devoir avoir un emploi stable pour commencer. N'est-ce pas ? »

Elle a dit, « Je peux m'entraîner pour être une hôtesse de l'air et voyager autour du monde et à voir tous les chefs-d'œuvre d'art aux musées. »

J'ai dit, « Donc, tu peux voyager avec ton propre argent pendant les étés lorsque tu n'auras aucun travail à faire pour personne. »

Elle a dit, « Je pense. »

Et je lui ai posé la question « Donc, tu vis encore à la maison ? »

Elle a grimacé et a dit « Je suis obligé de le faire. Ils ne vont pas me laisser vivre au campus. Je dois faire le trajet d'Upper Arlington. »

Puis elle m'a donné une idée, donc je lui ai posé la question « Est-ce que tu as une voiture ? »

Elle a dit, « Oui. »

J'ai dit, « Je n'ai pas quitté ce campus depuis que j'y suis arrivé. Est-ce que tu pourrais me conduire quelque part ? »

Elle a dit, « Bien sûr, si ce n'est pas trop loin. Où est-ce que tu veux y aller ? »

J'ai annoncé dans une voix forte et claire, « N'importe-où ! Je vis au campus, et mes parents ne vont pas me laisser avoir une voiture pendant au moins la première année. Peut-être après cette première année ils vont me laisser avoir la voiture actuelle de ma maman. Ils veulent voir comment je me débrouille avec leur budget d'abord. »

Hazel a dit, « Donc… Je suis obligée de vivre à la maison mais je reçois une voiture, et toi par contre tu as la permission de vivre au campus mais tu ne reçois pas de voiture. Nous sommes des opposés. »

J'ai observé, « Parfois être opposés peut être une bonne chose ? Tu pourras me conduire parfois. Moi je pourrai t'inviter au dortoir, si tu voudrais passer du temps là-bas. »

Hazel a jeté un coup d'œil vers les sièges vides lorsqu'elle était en train de réfléchir si c'était un de ces moments où un gars d'université était en train de l'inviter dans sa chambre.

Finalement, elle a dit, « On peut essayer cela, et voir comment ça tourne. » Puis elle a ajouté, « Il y a City Center Mall. Il y a Whetstone Park. Plus loin, il y a le zoo. Le zoo est plus loin qu'on voudrait y aller cet après-midi à cause du jeu et tout. »

Choisissant parmi ces trois, j'ai dit, « Je pense que je suis plutôt un gars qui aime les parcs qu'un gars qui aime les centres commerciaux. On peut essayer le parc. »

Elle ne m'avait pas dit que le parc avait un jardin officiel de roses! De toute façon, il y avait à côté de cela Whetstone Creek, donc nous nous sommes attardés en haut et en bas jusqu'à ce j'ai décidé de l'inviter au restaurant universitaire pour le dîner. Whetstone Creek devient presque de l'ardoise quand c'est presque la fin de l'automne. Il y a beaucoup d'arbres qui grandissent sur les rives. L'endroit où les gens marchent finit par une élévation d'un escarpement où il y a beaucoup d'arbres. La marche entière était ombrée jusqu'à ce que les feuilles tombent. Les feuilles étaient encore sur les arbres.

Je me posais la question si Hazel s'attendait à ce que j'essaye de l'embrasser. Puisqu'on venait juste de se connaître, j'étais inconfortable. Ce que j'ai fait consistait à prendre quelques morceaux d'ardoise afin de dissimuler mon incertitude sur ce que je devais faire. Hazel, elle-même, commençait à ramasser des morceaux. J'ai supposé que les siens étaient pour des projets d'art. Je ne savais pas le but des miens. Peut-être que je les lui donnerai tous ou au moins quelques-uns, si elle venait monter vers ma chambre un jour.

Après quelques moments, j'ai demandé à Hazel si elle voulait avoir le dîner au restaurant universitaire, puisqu'elle a dit qu'elle voulait avoir des expériences de la vie du dortoir.

Hazel a dit, « Je dois être à la maison, donc je ne peux pas avoir le dîner au restaurant universitaire, mais peut-être que je peux faire cela après le prochain match de football américain. Après tout, tu me dois de la pizza lorsque ce moment arrive. »

J'ai dit, « D'accord. »

Ce genre de planning m'a donné deux semaines afin d'essayer de trouver une solution à mon problème et de trouver les mots nécessaires pour l'inviter de venir pour l'instant.

Lorsqu'elle m'a conduit à ma tour afin de me déposer, Hazel m'a dit, « Je ne vais pas parler à mes parents de toi. Ils pourraient prendre la voiture, si je le fais.

Je lui ai dit, « Cela ne m'embête pas. Est-ce que je dois garder le secret à mes parents, aussi, un prêté pour un rendu ? »

Elle a demandé, « Où sont tes parents ? »

Je lui ai dit, « Mon papa est un fonctionnaire fédéral. Il vit à Parkersburg, West Virginia, mais on vit en face du pont à Ohio. Ma mère est une hygiéniste dentaire. »

Elle a dit, « Mon papa possède un champ de bois de construction. Bon, tu sais. Un de ces endroits qui fournissent des matériaux de construction. »

Je lui ai dit, « Je suis en train d'étudier afin d'être un ingénieur civil. J'aime les ponts, mais mon père dit que je dois me préparer pour des routes et des développements de logements et des choses dans ces catégories, aussi. Pendant l'été, je travaillais pour un ingénieur topographique. »

Hazel a dit, « Peut-être que toi et mon papa auraient quelque chose en commun. »

Je lui ai posé la question, « Que fait ta mère ? »

Hazel a dit, « Du travail associé à la charité. » Puis Hazel a ajouté, « Je veux dire qu'elle est une femme au foyer qui fait du volontariat et fait du travail associé à la charité. »

J'ai commenté, « Une tentative noble. Ma maman avait essayé d'être une femme au foyer. Elle s'est ennuyée. »

Hazel a dit, « Je pense que ma mère s'ennuie. Mon papa ne la laisse pas travailler. C'est pour ça qu'elle s'intéresse trop à moi. Ben, te voici. »

Lorsqu'elle était en train de bouger la voiture vers le côté de l'avenue, je me suis obligé d'être courageux afin de poser la question, « Est-ce que je dois te donner mon numéro de téléphone ou sinon obtenir le tien ou quelque chose ? Il peut y avoir une danse ou quelque chose. »

Hazel a dit, « Tu peux me donner le tien. Mes parents répondent à mon téléphone lorsque je suis à la maison, et mon téléphone peut être n'importe où dans la maison. »

Comme un gars, je savais déjà la réponse à ces mots, et je lui ai dit, « Alors, arrête de laisser ton téléphone n'importe où. Je t'achèterai une de ces petites poches de portables. »

Hazel a dit, « J'en ai quelques unes. Je crois que je vais devoir commencer à utiliser l'une d'elles. Mais est-ce que cela rendrait mes parents méfiants ? »

Je lui ai dit, « On ne fait rien qui les rendrait méfiants. N'est-ce pas ? »

Hazel a dit, « Non. » Puis elle a ajouté, « S'ils me posent la question pourquoi je commence à utiliser une de ces petites poches de portables que j'avais depuis longtemps, je leur dirai, « Bon, vous n'arrêtiez pas de me dire de commencer à les utiliser. N'est-ce pas ? » »

Ceci m'a fait rigoler.

Puis je lui ai dit, « Cela marcherait. »

Selon moi, on dirait que nous avions la possibilité d'un début pour faire quelque chose ensemble, mais je n'étais pas certain.

♈ 5

Je croyais que ce dont j'avais besoin était du Viagra, et je suis immédiatement allé à mon dortoir afin de vérifier la liste des médicaments que mon département d'athlétisme avait interdit sauf si on avait des indications strictes de nos médecins. Même avec cela la liste entière était suspecte. Chaque médicament sur la liste pouvait nous faire sortir de la compétition universitaire. Je voulais savoir instantanément si Viagra était sur la liste. De plus, je devinais ce que les entraîneurs et le support médical penserait de moi, si j'avais déclaré que j'avais une ordonnance de Viagra. Nous étions surveillés soigneusement – beaucoup plus que lorsque nous étions au lycée. Je n'étais pas encore accoutumé à la différence – j'étais encore en train d'apprendre des nouveautés.

De plus, j'étais absolument certain que je ne voulais pas utiliser l'assurance de mon Papa pour aller voir un docteur local et de poser des questions ou sinon utiliser l'assurance médicale pour acheter du Viagra.

J'ai eu l'idée que j'appellerai Planned Parenthood et je l'ai fait.

Maintenant, c'était une expérience que je ne veux pas partager ! Je l'ai appelée sur mon portable mardi, lorsque j'étais seul dans mon dortoir. J'ai demandé pour un rendez-vous. Évidemment, en utilisant ma voix, la réceptionniste pouvait déterminer que j'étais un gars.

La réceptionniste avait dit, « Normalement, c'est la femme qui appelle pour un rendez-vous. Est-ce que je peux avoir votre femme ou votre petite amie nous appeler afin d'arranger un rendez-vous ? Comme ça nous serions certains d'arranger une journée et une heure qu'elle trouverait commode. »

J'ai répondu, « Mais j'appelle pour moi-même. Je voulais voir un membre de votre équipe médical pour ma préparation à la paternité. »

La réceptionniste avait hésité pendant un moment, et puis elle a dit, « Nous sommes une clinique médicale. Nous ne sommes pas une agence d'aide psychologique générale. Je peux vous trouver des références, si vous voulez. »

J'ai dit avec une voix à peu près plus ferme, « Je veux me préparer médicalement pour la paternité. Je pensais que vous êtes là pour ça. N'est-ce pas ? Il y a des problèmes. »

Pendant le silence qui avait suivi ma déclaration, je pouvais quasiment entendre la réceptionniste réfléchir avant qu'elle avait finalement dit, « Je comprends, monsieur. Je ne sais pas si vous savez que nous spécialisons dans la gynécologie. Je crois qu'en général, les hommes voient des urologues. Le programme universitaire Ask a Nurse pourrait peut-être être une meilleure source pour une référence d'urologue. »

C'était tout ce que je pouvais faire pour m'empêcher de rire lorsque j'utilisais mon portable. Je devais m'éloigner de l'image de consulter un gynécologue très loin afin de m'empêcher d'hurler de rire.

Avec une voix aussi calme que je pouvais utiliser, j'ai annoncé, « Mais je n'ai pas d'assurance médicale afin de consulter avec un ou une spécialiste. Je comprends que vous avez une échelle mobile ou quelque chose comme cela. » Je persistais dans cette voie aussi loin que possible afin de voir ce qui se passerait.

La réceptionniste avait annoncé en retour, « Oh, ce que vous voulez est le système clinique de la communauté. Ils chargent seulement quelques dollars par visite. Ils ont des internistes et des médecins généralistes, qui sont qualifiés à vous aider. »

J'ai demandé, « Et pourquoi pas le coût d'une ordonnance, s'ils m'en écrivent une ? »

La réceptionniste de Planned Parenthood avait dit, « Je crois que les cliniques communautaires reçoivent des échantillons pharmaceutiques directement des entreprises pharmaceutiques comme d'autres médecins et d'autres cliniques le font. Peut-être qu'ils peuvent te donner un échantillon à essayer avant d'investir dans quelque chose qui peut ou ne peut pas marcher pour vous. Vous allez devoir leur poser la question. Attendez juste un moment, et je vais chercher le numéro du système clinique de la communauté. »

Lorsque j'attendais le jour de mon rendez-vous à la clinique communautaire, j'imaginais un scénario fantastique de venir à la clinique de Planned Parenthood et de m'asseoir dans la salle d'attente avec un groupe de femmes qui attendaient des examens gynécologiques. C'était seulement un des rares instants dans ma vie où je me suis trouvé en train de poser la question si j'étais gai ou pas. Néanmoins, je crois que j'imaginais ce scénario seulement parce c'était vraiment rigolo. Je ne pense pas que c'était un truc pour les hommes qui sont gais; imaginer des gars avoir des rapports sexuels ne me fait pas bander non plus, donc je n'ai jamais conclu que j'étais gai. Je pense qu'être impuissant était toujours le problème que j'avais.

Pendant mes années de croissance, je n'ai jamais eu d'éjaculations nocturnes comme celles dont les gars parlaient. Je pensais que cela m'arriverait éventuellement, mais pour moi cela ne m'est jamais arrivé. Puis, lorsque nous avions eu des discussions à propos de l'éducation sexuelle au collège et au lycée, j'ai décidé que j'avais des niveaux de testostérone bas ou quelque chose comme ça – une sorte de dérèglement hormonal qui m'empêchait de bander. Maman m'a pris pour des bilans de santé qui étaient obligatoires pour ma participation au sport. Dans le passé, je n'ai jamais eu le courage de poser la question à mon docteur. Peut-être, j'aurais dû poser la question pendant ce temps-là, mais je ne voulais pas que mon pédiatre dise quelque chose à mes parents.

Puis il y avait aussi l'examen obligatoire pour participer au tennis. On nous avait demandé quels étaient nos médicaments habituels. Comment cela aurait été, si j'avais déclaré que j'avais besoin de testostérone afin d'être un homme ? Je voulais dire que ces mots auraient pu être connus par d'autres personnes. Il y a des étudiants sournois qui entrent par effraction et regardent les dossiers d'étudiants. S'il y avait quelque chose d'intéressant là-dedans, l'information sortirait. La seule façon dont je pourrais être certain qu'aucune des informations n'allait arriver ni chez ma famille ni à mon école est d'être sûr qu'il n'y avait aucune information qui pourrait sortir.

J'ai décidé dès ce moment-là quand j'ai raccroché après la conversation avec la réceptionniste de Planned Parenthood que j'insisterai auprès de ma maman d'avoir un ou une urologue et ne pas retourner voir le pédiatre. Je pouvais imaginer la conversation.

Ma maman et mon papa aussi me poseraient la question dans le genre, « Est-ce qu'il y a un problème, mon fils ? »

Je dirai, « Je veux juste voir le docteur nécessaire pour mon problème. Si j'étais une fille, j'irais au gynécologue, n'est-ce pas ? »

Pendant ce moment au passé, j'attendais que mes parents accepteraient ma décision. Je n'ai pas réalisé qu'ils réponderaient avec une version de « Pas généralement, Stan, à condition que la fille est active sexuellement ou sinon s'il y avait un problème. Est-ce que tu es en train de dire que tu as un genre de problème ? »

Lorsque j'ai téléphoné à la clinique communautaire auquel le numéro de téléphone avait été donné par la réceptionniste de Planned Parenthood, je leur ai dit que je voulais un rendez-vous avec un urologue.

La deuxième réceptionniste m'avait posé la question, « Est-ce que vous avez du sang dans votre urine ? »

J'ai répondu, « Non. »

Elle avait ensuite posé la question, « Est-ce que vous avez des morphions ou quelque chose qui nécessite un traitement immédiat ? »

J'ai dit, « J'ai presque 19 ans, et je ne suis pas capable de bander. On m'avait dit qu'un urologue est le genre de docteur que je dois consulter. »

Elle a ensuite annoncé avec un de ces tons dans sa voix, « Notre personnel peut s'occuper de ce problème. »

Elle n'avait ni rigolé ni ricané ni dit quelque chose que j'ai entendu comme un jeu de mots.

La réceptionniste de la clinique communautaire commençait à calculer quand est-ce qu'elle pouvait me faire entrer dans l'horaire. C'était dans trois semaines. Ce serait après le rendez-vous que j'ai pris avec Hazel.

J'ai dû répondre à la réceptionniste, « Si c'est tout ce que vous pouvez faire, je vais devoir accepter cela. Je n'ai pas d'assurance médicale. »

Elle a dit, « C'était la chose suivante que j'allais vous demandez. Si vous avez une carte d'assurance, emmenez-la. »

J'ai réfléchi que je devais dire que j'avais seulement un emploi à mi-temps et que je n'avais pas d'assurance médicale du tout. Je refusais même d'apporter la carte d'assurance médicale dans mon portefeuille au rendez-vous. Après tout, personnellement, j'étais une personne ayant un niveau de revenus bas. Je n'avais pas de revenus du tout.

Leur dire que j'avais le salaire minimum et que je travaillais à mi-temps serait leur dire *plus* que je gagnais, *pas moins*. Pendant ce moment au passé, je pensais toute à la perspective de ce que je voulais, ce dont j'avais besoin, et ça ne m'est jamais arrivé de penser que la clinique communautaire avait besoin de l'argent supplémentaire que ma couverture d'assurance médicale aurait payé.

Ayant le rendez-vous dans ma main, je suis allé à mon ordinateur afin de rechercher des ressources bibliothécaires qui pouvaient m'aider avec Hazel jusqu'à ce que je reçoive des conseils médicaux. J'ai appris que la bibliothèque du College of Education à Ohio State possédait une grande majorité de la collection d'éducation sexuelle, donc j'ai dû aller au territoire académique de Hazel. J'ai conclu que j'ai dû faire ma lecture pendant les heures d'école publique, puisque j'attendais qu'elle fût dans son expérience obligatoire d'enseignement d'étudiant de première année pendant les heures d'école publique.

Exceptant Jack et Hazel et quelques élèves avec qui je jouais au tennis, j'étais encore pratiquement seul au campus. Aucun d'eux ne semblait disponible pour que je puisse discuter ce problème.

Je suis allé à la bibliothèque du College of Education tout de suite après le petit déjeuner pendant plus ou moins deux semaines. Je faisais ma lecture là-bas. Je ne voulais que ni Jack ni une de ses petites amies trouve un livre sur les rapports sexuels dans mon sac à dos dans n'importe quelle circonstance.

Bien sûr, j'aimais avoir Jack comme mon camarade de chambre parce qu'il apportait une variété de jeunes femmes, et je regardais ce qu'ils faisaient. Tous, ils devaient savoir que peut-être je faisais semblant de dormir, donc je ne me sentais pas coupable de prétendre d'être endormi. Eux et moi nous avons gardé la fiction pendant qu'ils savaient et je savais qu'ils savaient que c'était possiblement une fiction.

La majorité des jeunes femmes se pelotonnaient avec Jack dans le lit du bas après que l'acte sexuel ait eu lieu. Ils discutaient même de ce fait-même. Jack leur demandait chacune pourquoi c'était OK après l'acte sexuel et non pas pendant l'acte sexuel lui-même. À condition qu'elles se pelotonnaient avec Jack en portant des habits, ces jeunes femmes spécifiques ne faisaient pas d'objection d'être découvertes en train de se pelotonner avec lui dans son lit.

Pourquoi l'idée n'est jamais venue à leurs têtes que je ne serais pas capable de les *voir* pendant leur acte sexuel s'ils le faisaient dans le lit du bas je ne peux pas comprendre. Le mieux que j'ai pu comprendre leurs émotions subconscientes était de spéculer que ce qui embêtait vraiment ces jeunes femmes était l'idée d'être si proche physiquement de deux hommes pendant un rapport sexuel.

De toute façon, pendant mes deux semaines de lecture sur les rapports sexuels, j'ai appris beaucoup, mais cela ne m'a pas aidé avec mon problème pressant de comment se comporter avec Hazel pendant notre prochain rendez-vous.

♛ 6

Jack est devenu sociable avec moi tout d'un coup. Il avait posé la question à quoi consistait mon récit d'expérience personnelle pour le cours d'expression écrite qui est destiné pour les élèves de première année. Nous étions près de la date où nous devions rendre ce travail. Le programme entier consistait quasiment du même programme : un paquet de brouillons et des essais de révisions qui doivent être rendus approximativement toutes les deux semaines et demi.

Je l'ai informé, « J'ai quasiment fini avec le mien. C'est à propos d'un voyage que nous avions fait l'été dernier à l'Ohio River. Quelques voisins ont pris la retraite et ont déménagé à Florida. Il y avait le problème de leur bateau ; est-ce qu'ils devaient l'envoyer ou le vendre ? On les a laissés garder leur bateau sur notre territoire. Nous avons trois acres, donc il y avait beaucoup d'espace. Je connais très bien un de leurs petits-fils et les autres petits-enfants qui ont à peu près mon âge. Nous avons quasiment grandi ensemble lorsqu'ils visitaient nos voisins.

Jack a dit, « On ne dirait pas que c'est une histoire pour le moment. »

J'ai dit, « Ça c'est juste un prétexte. Personne dans la famille ne voulait prendre le bateau à Florida sauf le petit-fils. Le petit-fils m'a dit qu'il pensait qu'il voulait que les gens plus âgés abandonnent le bateau et le donnent comme un cadeau aux membres de la famille qui vivent encore à Ohio. Donc le petit-fils qui est nommé Larry a eu l'idée que peut-être nous allions emmener le bateau à Florida. Au milieu de la discussion, papa a aimé l'idée. Nous avions commencé à étudier des cartes, y compris ma sœur.

Jack a posé la question, « Tu as une sœur ? »

Je lui ai dit énergiquement, « Oui, j'ai une petite sœur, et je veux que tu la laisses tranquille ! »

Jack a dit, « Sensible. Sensible. »

Jack est un de ces petits mais beaux blonds – le genre qui se comporte comme s'il était né et élevé quelque part dans l'Europe du Sud. Peu importe si c'était le Sud de l''Espagne, le Sud de la France, ou l'Italie. Jack avait le cœur d'un Casanova.

J'ai continué, « Bon, le résultat était que mes parents ont pris congé pour deux semaines, et nous étions sur le bateau avec Larry afin de l'emmener vers Florida. Tout d'abord, nous avons pris le bateau vers et revenant de Huntington, West Virginia pendant le week-end de la journée de l'indépendance. Nous sommes allées au sud, nous avions regardé les feux d'artifice, nous nous sommes endormis dans le bateau pendant une nuit, et nous sommes retournés dans notre chemin le lendemain. C'était un week-end de trois jours, donc il y avait assez de temps pour faire un essai. »

Jack avait posé une question, « Où est-ce que ta petite sœur s'est endormie, et quelle âge a ton voisin Larry ? »
J'ai insisté, « Ma sœur dormait avec ma mère dans la cabine ! Enlève ces idées atroces de ta tête. Larry a mon âge.

Mon père, lui et moi nous nous sommes endormis sur le pont dans des sacs de couchage très confortables qui étaient sur des matelas pneumatiques. Papa avait même arrangé des heures de surveillance. Chacun de nous devait rester debout pour surveiller pendant deux heures et demie pendant le soir. Mon papa a pris le moment le plus difficile. »

Jack avait posé la question, « Lequel c'était ? »

J'ai dit, « Celui avant l'aube, évidemment. Est-ce que tu n'as pas encore appris que dans ce pays, le moment avec le moins d'évènements est le moment entre la fermeture nocturne des bars et l'aube ? »

Jack a posé la question, « Pourquoi c'est comme cela ? » Il était en train de s'allonger sur le siège à côté de la fenêtre.

Je m'asseyais sur le siège à côté du bureau et je lui ai répondu, « Parce que c'est le moment le plus dur de rester éveillé dans le cycle diurne. De toute façon, retournons à mon histoire. Nous étions en train de traverser l'Ohio River et puis nous sommes restés près de la côte jusqu'à Florida. Nous avons jeté l'ancre juste tout près d'une ville chaque soir ou sinon nous nouerons près d'un dock public, si un dock public permettait cela. Lorsque nous étions dans la mer, néanmoins, nous avons jeté l'ancre chaque nuit sauf si nous avons un port côtier. Nous avons mis deux semaines pour arriver et puis nous sommes retournés par avion. Larry est resté avec ses grands-parents avant de retourner tout seul.

Jack a posé une question, « Est-ce qu'il y a eu des mésaventures ? »

J'ai répondu, « Quelques unes qui étaient mineures. Nous avons fait de la pêche dans les eaux profondes. Nous avons eu quelques coupures et quelques égratignures de cette activité. Nous avons perdu des choses à l'eau qu'on ne voulait pas perdre. Personne n'est tombé à l'eau, et aucune partie de l'équipement n'est tombée en panne, rien comme ça. Personne n'est tombé malade. Il n'y avait pas de grands orages, mais il a plu pendant quelques jours. Nous avions utilisé les pluies comme si elles étaient des douches. Nous avons mis des maillots de bain et nous nous sommes lavés. »

Jack a dit, « Les poissons que vous avez capturés ont dû être délicieux. »

J'ai commenté, « Au fait, la nourriture commençait à devenir ennuyeuse. Je veux dire qu'on mangeait de la nourriture qui était dans des boîtes à conserves et dans les mélanges qui étaient dans du carton et du lait en poudre et du lait dans la boîte à conserves pendant presque tout le voyage. Nous avons eu des fruits frais et des légumes frais au début, mais après tout ce qu'il est resté fut les pommes de terre ordinaires, les carottes, les oignons et les boîtes à conserves. »

Jack a dit, « Vous auriez dû emmener des melons. »

J'ai raillé, « Nous avions pris quelques melons. Nous les avons mangés aussi mais nous avions eu plusieurs jours où nous n'avions pas eu d'accès à un supermarché où nous aurions pu acheter des marchandises fraîches que je préfère vraiment. D'accord ? »

Jack a dit, « Bien sûr, mon ami. Ne sois pas si sensible à propos du sujet. J'ai compris ce que tu voulais dire. »

J'ai dit, « Donc nous avons fait un voyage superbe, et nous avons utilisé beaucoup de crème solaire. Mes lunettes de soleil sont tombées à l'eau lorsque j'étais en train d'attraper un poisson de mer profonde d'une sorte – je n'ai jamais pu regarder avec succès ce que c'était vraiment. L'hameçon s'est déchiré, et le poisson maudit est parti. C'était en train de saigner beaucoup – au point que peut-être des requins l'ont mangé. »

Jack a posé une question, « Comment avez-vous pu remplir le bateau avec de l'essence ? Ce n'était pas un bateau à voile, n'est-ce pas ? »

J'ai répondu, « Nous avons rempli le bateau à mi-chemin. L'endroit de Marina avait des commodités d'essence. Il n'y avait pas de supermarchés dans les coins, et Papa ne voulait pas nous donner de l'argent pour payer les chauffeurs de taxis qui nous emmèneraient aux supermarchés. Il était inquiet à l'idée de prendre la décision qui envoyer à l'intérieur pour chercher de la nourriture et qui garder sur le bateau afin de le garder et lequel des deux groupes il devait faire parti, donc il a simplement gardé tout le monde ensemble et insistait constamment qu'on devait nous débrouiller dans la nature. Maman nous à obligé de prendre une pilule de vitamines chaque jour.

Jack a posé la question suivante, « Et l'eau ? »

J'ai répondu, « Nous gardions de l'eau dans des bouteilles sous le pont. Maman et Papa tous les deux insistaient à propos de cela. Nous avions eu des distributeurs d'eau énormes pendant la plupart du voyage. »

Jack a dit, « On dirait que c'était vraiment un voyage. C'est dommage que vous n'aviez pas vu la New Orleans reconstruite. »

J'ai dit, « Nous étions à New Orleans. Nous avions pris des vacances de deux semaines avec Habitats for Humanity après le nettoyage essentiel était accompli, et lorsque mes parents étaient convaincus que nous ne risquions pas nos vies et nos corps lorsque nous allions là-bas pour les aider.

Puis Jack semblait perdre de l'intérêt encore une fois.

Quelques semaines plus tard, j'ai découvert quelques uns de ses devoirs dans notre dortoir. Il a eu un A- dans sa narration d'expérience personnelle. Il avait écrit que lui et sa famille avaient traversé Columbia River vers l'Océan Pacifique et puis le Pacific Northwest vers Seattle pour des vacances à l'intérieur dans une cabine. J'étais fasciné parce que je savais qu'au fait il n'est jamais allé à l'ouest du Mississippi. Il avait en fait visité Chicago et New York et rien d'autre.

L'essai de Jack consistait à raconter les mésaventures qui ont eu lieu dans son voyage de fantaisie. Une personne est tombée et devait être sauvée. Parmi le groupe, Jack avait attrapé le poisson de mer le plus grand. Il avait écrit que c'était un barracuda. Je ne crois même pas qu'il sait à quoi ressemble un barracuda. Il y avait un orage avec de grosses vagues qui menaçaient de submerger le bateau. Je crois qu'il a utilisé mon histoire comme la base de la sienne et puis il l'avait épicée avec une variété d'aventures de fantaisie.

J'ai reçu un B+ pour mon honnête essai d'une expérience personnelle et j'étais content jusqu'à ce que j'ai lu celui de Jack. Je pensais qu'un B+ pour mon premier essai universitaire était très bien, particulièrement parce que je me suis amélioré dans l'ensemble du cours. Jack m'avait dit qu'il a eu un B dans le cours d'expression écrite.

Il m'avait demandé les sujets de mes essais mais lorsqu'il avait entendu que mon essai de comparer et contraster était sur l'aluminium et l'acier et que mon essai d'analyse déterminant la cause concernait les processus de la manufacture des différents qualités d'acier et que mon essai d'argumentation était sur les niveaux rigoureux d'inspection des ponts, Jack n'était plus intéressé du tout. Peut-être qu'il avait emprunté de quelqu'un d'autre pour ces essais.

Lorsque j'ai vu ce que Jack avait fait avec mon histoire de bateau et sa version de cela, j'ai eu une meilleure idée de lui. Cela m'a fait réfléchir sur quelle genre de situation résulterait d'avoir le même dortoir que lui pour une deuxième année, même si je pouvais voir le spectacle de variétés quelques fois par semaine et tôt le matin.

Ce que je voulais faire était épouser Hazel – ou quelqu'un comme elle. Les gars d'Ohio sont comme ça. Ils ne veulent pas nécessairement chercher à tort et à travers une femme qu'ils allaient épouser. La majorité d'entre nous qui sont nés et élevés à Ohio veulent trouver une femme d'Ohio. Nous pensons qu'elles nous comprennent mieux que d'autres – que nous sommes et elles sont les mêmes d'une manière essentielle. Je sais qu'il y a des gens qui considèrent cela provincial et démodé.

Mais les choses comme elles étaient pour moi, j'aurai trouvé une façon de me contenter avec quasiment n'importe quelle jeune femme qui me tolèrerait et peut-être considèrerait aller à une clinique de fertilité, comme ça je pourrais présenter à mes parents un petit-fils ou une petite-fille dans quelques années – peu importe si l'enfant était le mien biologiquement ou pas. Nous pourrions ne pas le dire à mes parents – et aux siens non plus.

Après tout, si j'avais un assez bon emploi comme un ingénieur civil, j'aurai assez d'argent pour acheter des services médicaux et des spermatozoïdes donnés. Le bébé pourrait encore être celui de ma femme, donc pourquoi ses parents devaient savoir ? Tout d'abord, néanmoins, je devais réussir à avoir une sorte de femme.

Personne sauf elle et mon médecin auraient besoin de savoir ma condition. Il devait y avoir ce genre de jeune femme à Ohio. Peut-être qu'elle ne sera pas belle. Peut-être que je vais devoir être avec quelqu'un de pire que Hazel. Hazel était actuellement OK. Mais je ne pouvais pas être certain que je pouvais l'avoir.

Je n'étais pas comme Jack – dans plusieurs manières autre que sa capacité d'avoir presque n'importe quelle jeune femme qui voulait coucher avec lui. Je voulais spécifiquement qu'il ne prenne pas Hazel de moi.

♛7

Ce n'est pas que je suis un très bon gars. Je suis allé à mon rendez-vous à la clinique communautaire et j'ai menti tout au long du chemin – sauf pour confesser que je suis impuissant. Pendant tout le temps, je gardais dans ma tête des images de Hazel et moi pendant le deuxième Buckeye match de football américain à Ohio State afin de rester suffisamment motivé.

Je suis arrivé tôt, comme elle me l'a demandé de faire. Elle m'avait seulement téléphoné une fois sur son portable avant notre rendez-vous, et nous avions parlé pendant une heure sur les cours et ce qu'elle allait porter et ce que j'allais porter et comment je devais éviter de mettre la peinture guerrière sur mon visage pour ce match spécifique, comme ça elle pouvait faire un portrait vraisemblable de moi pour ma mère.

Je suis allé au stade et je me suis assis sur un siège tout de suite après qu'ils nous ont laissé entrer, mais ensuite j'ai dû aller aux toilettes. Lorsque je suis retourné à notre coin de siège, elle était déjà là, et j'ai dû expliquer que je me suis assis pendant quelque temps et puis je suis allé en bas et je viens juste de retourner mais je n'étais pas du tout en retard. En lui disant tout cela, j'étais en train de retourner à mon siège précédent.

Puis je lui ai demandé, « Est-ce que c'est le meilleur endroit pour moi de m'asseoir pour l'œuvre ? Préférerais-tu que je sois debout à côté de la rampe, et tu pourrais dessiner une partie du terrain et l'autre côté du stade ? Qu'est-ce que tu veux vraiment dans l'arrière-plan ? »

Hazel s'est tournée et avait fait l'étude topographique du stade entier avant de dire, « J'aime ton idée de la rampe. Allons-y pour descendre là-bas. »

Donc nous sommes descendus vers la rampe, et je suis resté debout là-bas avec mon bras gauche sur la rampe. Je regardais directement vers Hazel. Elle se baladait de ci et de là et avait choisi un angle qu'elle aimait. Elle était au-dessus de moi de quelques rangées, et puis elle s'est assise et puis elle s'est levée et bougeait encore, comme ça elle avait l'angle correct à l'arrière-plan qu'elle voulait. Puis elle commençait à faire une esquisse. D'autres gens commençaient à venir au stade. Ils prenaient l'attitude que Hazel était en train de travailler sur un devoir pour un cours d'art, donc ils nous ont laissé tranquille.

Lorsque les rangées commençaient à se remplir, le gars est arrivé qui avait pris le siège de Hazel. Il est allé à la rangée où nous étions afin de regarder le dessin, et puis il est allé au couloir encore une fois et il est parti pour avoir une boisson gazeuse et des choses comme ça. Lorsqu'il est retourné, elle n'avait pas encore fini, et ses amis commençaient à arriver.

Le mec a fait un signe de la main et leur a dit, « Ah, laisse-la finir. Je vais m'asseoir sur ce siège pendant plusieurs heures. Pourquoi cela m'embêterait d'être debout pendant cinq minutes de plus ? »

Nous étions en train d'attirer de l'attention. Le brouhaha dans le stade commençait à être de plus en plus bruyant. Hazel m'a dit avec des signes de sa main qu'elle était en train de travailler sur l'arrière-plan, mais j'ai gardé ma pose afin de lui donner du soutien, comme ça elle ne paraissait pas si bizarre s'asseoir là-bas en train de dessiner et de garder un gars hors de son siège désigné. Lorsqu'elle avait finalement rangé ses crayons et s'est levée et avait fait un geste de retourner son cahier à croquis de taille moyenne, les gens avaient insisté qu'elle leur montre son cahier. Quelques personnes lui avaient demandé sa carte afin qu'elle fasse leurs portraits. Elle n'avait pas de cartes mais elle leur avait donné son adresse de courriel.

Lorsque nous étions en train d'atteindre nos sièges, j'ai dit, « Hazel, tu vas devoir avoir des cartes de visite. Si tu as le papier, je peux les créer avec l'ordinateur pour toi. Je peux trouver un design sur l'Internet, mais tu as besoin de papier de cartes de visite qui coûterait à peu près $10. »

Des couples qui étaient assis l'un près de l'autre pendant le match se prenaient l'un l'autre et étaient en train de se caresser et de s'embrasser et d'autres choses pendant le match entier, mais ces actions étaient déterminées par la position de l'équipe. Ce genre de comportement était un argument fort pour s'asseoir ensemble. Cela rendait le fait de regarder le football américain un sport de contact en lui-même.

Après le match, Hazel m'a pris à Big Lots afin de chercher un cadre qui n'était pas ordinaire pour mon portrait. On n'en a pas trouvé, mais on a trouvé un stock de cartes de visite pour quelques dollars. On a commandé de la pizza du restaurant à Clinton qui est juste au nord du campus. On a pris la pizza et le papier de cartes de visite à mon dortoir. Bien sûr, j'ai mis de la musique comme bruit de fond. Ma grosse radiocassette a une radiocassette et un lecteur de CD et une AM/FM radio – tout sauf un réveil de radio avec un bouton pour dormir un peu plus longtemps. Parfois quelques uns de mes CDs disparaissent ; je soupçonne Jack.

Hazel et moi nous avions dévoré la pizza, nous avions lavé nos mains avec du désinfectant et puis nous avons commencé les cartes de visite de Hazel. C'est ainsi que j'ai appris son numéro de portable par cœur. J'avais mémorisé son adresse courriel lorsque nous étions au stade quand elle était en train de la donner à des gens. Lorsque j'étais en train de créer sa carte de visite, elle restait debout juste derrière moi et juste à la droite du milieu. Pendant un moment, elle a mis sa main gauche sur mon épaule gauche, et puis elle s'est penchée sur mon épaule droite de temps en temps. Je peux encore me souvenir de l'odeur de son parfum. C'était de la vanille.

Elle ne voulait pas me laisser imprimer le paquet entier de papier.

Hazel a dit, « Oh, trois feuilles seront assez. Cela fait presque 100 cartes de visite. »

J'ai protesté, « Mais ton téléphone portable ne va pas changer. Est-ce que ça va changer ? »

Gagner cette dispute m'a donné la permission d'imprimer jusqu'à deux feuilles supplémentaires, mais elle avait catégoriquement insisté que 150 cartes de visite dureraient pendant un bon bout de temps.

Elle est restée jusqu'au coucher du soleil et nous nous sommes assis sur le siège côté fenêtre et nous avons regardé la vue du campus du cinquième étage. Nous avons parlé des cours. Nous avons parlé de quel genre de métiers nous voudrions avoir.

Lorsque je me suis penché et je l'ai embrassée, Hazel s'est levée et avait dit qu'elle devait aller à la maison pour avoir son dîner, sinon ses parents se plaindraient et menaceraient de confisquer sa voiture.

Elle avait dit, « La situation telle qu'elle est nécessite que je laisse mon sac dans la malle et que je dise que j'avais besoin d'utiliser la bibliothèque afin de faire de la recherche pour un de mes cours. Ils demandent les raisons pourquoi j'ai besoin de faire des recherches pour l'enseignement étudiant, et je dois leur dire que je dois apprendre comment créer des plans de cours et des documents qui ont des CCAVs spécifiques. »

Je lui ai dit, « Les CCAVs doivent convaincre tes parents. Que sont les CCAVs ? Je n'ai jamais entendu parler de cela avant. »

Hazel a dit, « Ouais, les CCAVs en fait marchent. Elles sont *la connaissance, les compétences, les attitudes* et *les valeurs* qui forment la fondation de la leçon – les buts. »

J'ai dit, « J'ai compris ! Peut-être que je peux utiliser cela, si je dois prendre un cours de reportage d'écriture technique. Je me pose la question si les reportages techniques nécessitent des CCAVs. »

Hazel allait vers la porte.

Elle avait dit, « Avant que tu ne donnes ce portrait à ta Maman, tu dois avoir le cadre correct pour le mettre. Comment est ton budget ? »

J'ai dit, « Je ne souffre pas. »

Elle a dit, « Bon, tu peux chercher un cadre à la librairie, puisque c'est un dessin du stade. Si cela ne marche pas, je te conduirai à des magasins avant que tu ne partes pour Thanksgiving. Tu vas aller à la maison pour Thanksgiving ? »

J'ai rigolé et puis je lui ai dit, « Si ce n'est pas le cas, ils vont menacer de venir ici. »

Hazel a dit, « Donc nous avons un petit bout de temps pour trouver le bon cadre. Je vais apporter du fixateur pour protéger les lignes de crayon à papier. Ne tache pas ! » Et puis elle est sortie – en s'enfuyant du bisou que je lui ai donné.

🏆 8

J'ai dit au docteur de la clinique communautaire, « Je pense à me marier avec une de mes collègues qui travaille au fast-food. Nous pourrons partager les coûts de l'appartement. Mais je ne sais pas si je pourrai consommer le mariage. C'est ça ce qui me concerne… ça et éventuellement donner à mon père un petit-fils. »

Le docteur, qui paraissait avoir soixante-dix ans dans sa blouse blanche m'avait posé une question, « Donc, vous et cette jeune femme n'avez pas encore été intimes en ce moment ? »

J'ai dit, « Nan. Elle a été élevée d'une manière conservatrice. »

Il m'avait posé une autre question, « Mais est-ce que vous avez commencé le processus d'initier l'intimité ? »

J'ai dit, « Bon, un peu. Ça ne va pas très loin. »

Il m'a posé la question, « Qu'est-ce qui se passe pendant ces moments ? »

J'ai répondu, « Pas beaucoup. »

Il m'a posé la question suivante, « Mais est-ce que vous êtes plus intéressé dans la jeune femme ou à partager le coût du loyer de l'appartement ? »

J'ai répondu, « Je suis intéressé de vivre avec elle et de créer une famille dans quelque temps. Lorsque ce moment-là arrive, je dois avoir un salaire plus élevé. »

Il a dit, « Peut-être que vous devriez essayer l'université d'abord. »

J'ai dit, « Mon père refuse de signer les papiers pour un prêt d'étudiant, donc je dois attendre pour cela de toute façon. » J'ai dit à la réceptionniste que mon père était un veuf en chômage pour expliquer pourquoi je n'avais aucune couverture d'assurance médicale de salarié et que je devais payer moi-même les coûts bas réservés aux gens qui ont des revenus bas. Ils pensaient que je devais encore être couvert par les bénéfices de mon père qui était salarié.

Je racontais mensonge après mensonge, et je ne croyais vraiment pas qu'ils pourraient m'aider ou que je les revisiterai. La meilleure situation que je pouvais espérer était d'avoir un échantillon professionnel de Viagra et une ordonnance. Combien cela coûterait d'être un homme complet, je n'avais aucune idée. Pour le moment, le prix de l'examen n'était que de quelques dollars.

C'était une expérience assez étrange de montrer et de tenir ton pénis devant un autre homme, même lorsqu'il est un médecin. C'est encore plus étrange d'avoir un autre homme tenir ton pénis, à quoi je m'y attendais. Il y avait la puanteur des gants de latex entre nous deux.

Néanmoins, il a fait sortir un long, poli pointeur d'acier inoxydable d'un plateau qui était dans un tiroir et commençait à élever mon pénis tout autour avec cet appareil froid. Pour moi, c'était la première fois que je sais qu'un autre homme explorait mon membre – même s'il était un docteur médical. Je n'étais pas certain de ce que je pensais véritablement sauf que c'était la méthode officielle d'essayer de me débarrasser du manque de sensation d'avoir un pénis.

S'il avait tiré du tiroir une seringue – au lieu d'un pointeur d'acier poli – et m'avait dit qu'il y avait une piqûre qu'il pouvait injecter tout de suite dans ma chair molle, je crois que j'aurais pu mieux supporter cette action – une injection rapide afin de mener une vie normale – la méthode américaine.

Ma soi-disante *vie sexuelle* consistait d'avoir tenu des mains, d'avoir embrassé, et d'avoir caressé les seins d'une lycéenne pendant le soir du prom. J'approchais 19 ans et mon échec d'être un homme. Tout d'un coup, me voici, de mon propre gré, avoir mon échec examiné par des doigts enveloppés de latex et tenant un objet d'acier dans une clinique à côté de High Street. Qui payait vraiment les salaires de ces gens, de toute façon ?

Après l'histoire médicale, après avoir écouté mon cœur et avoir regardé mes yeux, ma bouche, et mes oreilles, après avoir frappé avec ce genre de petit marteau truc afin de voir si mes jambes réagissaient, et après avoir inspecté mon pénis pendant quelques minutes, le médecin de la clinique communautaire cherchait son bloc d'ordonnances qu'il gardait dans sa poche. Apparemment, il n'avait pas assez de confiance pour laisser son vide bloc d'ordonnances sur le comptoir.

Il m'a dit, « Je peux te donner un petit échantillon professionnel de Viagra. Lis toute l'information imprimée avant de l'essayer. Son effet peut durer pendant quelques heures dans certains cas. » Il regardait son bloc d'ordonnances lorsqu'il disait cela.

Puis il m'a regardé – tout droit dans les yeux – lorsqu'il m'a posé une question, « Est-ce que tu te prépares à attendre jusqu'à la nuit des noces pour essayer cette méthode, ou est-ce que tu vas voir si ça marche avant de vous marier ? »

Ma bouche est devenue sèche tout d'un coup.

J'ai menti dans ma manière d'avoir l'examen, j'ai menti pendant l'examen, et puis je suis arrivé à un moment soudain et inattendu de vérité. Est-ce que je voulais faire ma demande en mariage à Hazel ? Est-ce que je voulais la prendre comme Jack prenait les jeunes femmes, ou est-ce que je voulais garder le Viagra en réserve et faire nos familles subir un mariage blanc avant de risquer de savoir sur moi-même dans le reste du chemin ?

Le docteur m'a demandé, « Alors ? »

Je ne pouvais pas me débarrasser de ma distraction qui était due à l'odeur antiseptique de l'endroit. Je n'arrêtais pas de chercher une excuse pour retourner à l'école le lendemain même si je n'avais pas besoin de telle chose. C'était stupide.

Je lui ai dit, « Bon, cela dépend de la jeune femme, monsieur. Ce n'est pas entièrement ma décision. Ce que je dois faire est de me préparer pour la décision qu'elle va prendre. Le fait que même la masturbation est difficile à faire pour moi me mène à croire que n'importe quelle décision elle va prendre va me mener à une crise personnelle. Je fais juste de mon mieux, monsieur. »

Cette partie était honnête, et je suppose que ça avait l'air d'être vraie pour lui, même si ce que je lui avais dit n'était pas entièrement convaincant.

Lui et moi, nous avons tous les deux compris qu'à mon âge, j'explorais des eaux qui étaient pour moi inconnues, et j'essayais d'attraper n'importe quel support afin de rester sur l'eau.

Même si j'étais plus malhonnête que jamais je ne l'ai été dans toute ma vie, j'étais aussi le plus direct et le plus honnête que je n'ai jamais été dans toute ma vie pendant cet examen médical. Le contraste paraissait très, très étrange pour moi.

Malgré tout cela, je suis parti de la clinique communautaire avec ce que mon cœur désirait. J'avais un échantillon professionnel de Viagra et une ordonnance que j'ai compris serait bonne pour quelques mois, et puis expirerait, si je ne l'utilisais pas.

Tout d'un coup, un de mes buts d'adulte avait une date. Je devais utiliser cette ordonnance ou sinon perdre l'opportunité. L'heure était en train de passer. Je ne savais même pas combien de temps j'allais laisser passer.

D'une manière ou d'une autre, néanmoins, lorsque j'ai pris le bus à High Street pour retourner au campus, le monde entier dans lequel je vivais avait changé. Si ce n'était pas Hazel, ça pourrait être une autre jeune femme – peut-être quelqu'un de mon équipe de tennis – peut-être qu'une de mes camarades de classe – peut-être quelqu'un de mon dortoir. Tout d'un coup, mon monde avait des possibilités.

Peut-être que tout ce que je devais faire était d'aller voir mon père éventuellement et lui dire, 'Salut, Papa.'

Il dirait quelque chose comme, 'Quoi, mon fils ?'

Je dirais quelque chose comme, 'Tu sais quoi ?'

Il dirait quelque chose comme, 'Quoi, mon fils ?'

Je dirais quelque chose comme 'Cette année à l'université, j'ai découvert que je suis un de ces gars qui ont besoin de Viagra. Est-ce que c'est un problème ? Je veux dire : Est-ce que je peux mettre ça sur ton assurance médicale, ou est-ce qu'on aurait un problème avec cela ?'

Le truc est : Même si je pouvais imaginer la scène, et je savais que c'était une scène raisonnable à imaginer, je savais que je ne pourrais jamais procéder avec cette scène lorsque je parle avec mes parents. Je savais que peu importe ce qui arriverait, ils iront dans leurs tombes ne sachant pas qui j'étais véritablement. L'échantillon de pilules professionnelles m'a changé, mais il n'a pas changé mes relations avec mes parents.

Peut-être, si j'avais réussi un mariage qui aurait mes propres enfants, *peut-être*, après que j'ai surmonté ma condition, *peut-être* je pourrais leur dire ce que j'ai dû surmonter. Mais peut-être pas.

🏆 9

Il y avait une danse à l'école. Bien sûr qu'il y avait une danse à l'école. C'était le genre où les mecs de deuxième ou troisième cycle qui enseignaient croient qu'une jacket en velours côtelé avec des pièces du cuir est nécessaire. J'ai demandé à Hazel d'être ma compagne.

Elle et moi nous avons fait du shopping pour trouver un cadre pour le dessin pour ma mère – comme une excuse pour se voir sans 'sortir ensemble.' De plus, nous étions en train de nous balader dans mon dortoir. Hazel avait rencontré et fait connaissance de quelques femmes de quelques étages du dortoir. Quelques unes se spécialisaient dans l'éducation comme elle. Les jeunes femmes avaient tendance à se protéger les unes et les autres. Hazel avait dit à ses parents qu'elle allait rester pendant une nuit avec une de ces jeunes femmes dans le dortoir afin de se préparer pour une grande évaluation qui allait venir.

Hazel avait dit que c'était très difficile de convaincre ses parents mais qu'elle était résolue d'aller à la danse avec moi. Elle avait ajouté que la résidente du dortoir avait vraiment offert à Hazel de la laisser dormir sur le siège côté fenêtre du dortoir de la jeune femme. Les conseillers de résidence ne s'occupaient pas de choses comme cela à condition que la personne ne déménageait pas là-bas et restait un troisième résident permanent sans un contrat avec l'université. Les gens avaient des visiteurs d'autres universités tout le temps. Parfois nous connaissions des membres du groupe musical universitaire de l'équipe de football américain adversaire, par exemple.

Hazel avait un laisser-passer pour le parking qui lui permettait de se stationner dans le grand garage qui est près du stade, donc elle avait sa voiture. Elle avait son propre compte bancaire rempli d'argent venant de ses grands-parents à chacun de ses anniversaires pendant plusieurs années, donc elle était capable d'acheter une robe pour la danse sans que ses parents ne puissent la juger. Elle l'a gardé dans mon dortoir, ni vu, ni connu.

La danse n'était pas une de ces occasions où on porte des tenues spéciales. C'était le genre avec une boule disco et un dj avec un ordinateur portable et une liste de chansons superbes. Il n'y avait pas de groupe sur scène.

Quelques unes des jeunes femmes portaient des robes qui s'arrêtaient aux genoux ou plus haut. À Ohio, il y a peu de micro-minis qui sont portés à des occasions sociales comme celles-ci. Quelques jeunes femmes portaient des pantalons. Les gars étaient obligés d'arriver portant des jackets, mais celles-là pouvaient être portées avec des jeans et puis enlevées et mises sur les dos des chaises.

Pour cette raison-ci, la plupart des gars portaient les jackets qui leur plaisaient le moins – juste au cas où un autre gars aurait décidé d'enlever la jacket du dos d'une chaise et de la ramener chez lui. Bref, c'était quelques gestes sociaux, mais ceux-ci n'excluaient pas les gens qui voulaient faire les choses différemment du fait de mettre un t-shirt ou des sweats et des jeans et aller en cours. Ce n'était pas si fameux au point d'avoir un vestiaire pour que les gars puissent porter quelque chose de fabuleux et frimer en laissant un pourboire pour le personnel du vestiaire.

La récolte était ramenée, et la poussière du maïs était établie. Tout d'abord, le givre qui tue est venu et est parti, terminant la saison agricole. Nous étions en train d'anticiper le moment de Thanksgiving. Quelques étudiants de première année ont abandonné l'université. Quelques uns souffraient. Pour d'autres, la situation était le contraire.

Je me suis procuré une petite boîte de sécurité et j'ai mis le cadenas à combinaison afin d'empêcher Jack (et n'importe qui d'autre) d'espionner. J'avais une pilule dans ma poche dans un petit sac en plastic – le genre d'approximativement 3,9 cm de longueur et d'approximativement 3,9 cm de largeur qui ferme. J'étais en train de chasser de l'ours – ou plutôt de la chair.

La soirée commençait simplement d'une manière superbe. L'air était froid et il y avait un anneau tout autour de la lune. Un changement de climat allait venir. Il y avait des cristaux tout hauts dans l'atmosphère entre nous et la lune ; ils défléchissaient la lumière de la lune. Jack avait une compagne aussi. Nous ne sommes pas mis d'accord sur la manière dont nous allions partager notre dortoir avec deux jeunes femmes. Jack et moi nous devions arriver à cette décision. J'étais prêt à affirmer ma revendication prééminente, puisqu'il avait des femmes dans la chambre chaque semaine. Pour une fois, il pouvait aller quelque part d'autre.

Si c'était nécessaire, je lui dirai que Hazel serait dans un autre étage, dans la chambre d'une des jeunes femmes pour la grande partie des heures du matin, et que Jack va devoir se débrouiller jusqu'à ce qu'elle et moi nous avions fini avec ma chambre de dortoir pour la soirée.

La sélection de la musique était superbe. La scène avait beaucoup de couleurs et était très animée. J'étais certain qu'il y avait des centaines de parfums et d'après-rasages différents qui étaient en train de se combiner dans une ambiance de succès joyeux. Nous étions ceux qui étaient encore à l'école. Nous n'étions pas ceux qui ont abandonné après les chocs initiaux.

Il y avait beaucoup de conversations. Il y avait des gens qui chantaient avec les mélodies de quelques chansons. Il y avait un peu de danse en ligne et quelques couples qui dansaient. Il y avait des danses rapides et des danses lentes. Bref, c'était une danse à une université publique de bonne qualité. Qu'est-ce que je peux dire de plus ?

Hazel paraissait contente. Après un moment, elle s'est excusée afin d'aller aux toilettes des femmes.

Un gars est venu près de moi et est resté debout juste un peu derrière moi, près de mon coude gauche. Je ne lui ai pas accordé beaucoup d'attention sauf que je pensais qu'il était plus près qu'il ne devrait l'être. Au fait, je pensais qu'il était ivre ou sous l'influence d'une drogue afin d'être debout et si près de moi. J'ai regardé brièvement autour de moi, et il ne paraissait pas comme son frère ou quelque chose de similaire, donc je l'ai ignoré.

Puis il a dit, « Hé, mon frère ! C'était très humain de votre part de passer un bon moment avec une gosse épileptique. Hazel a vraiment besoin de ça. Pauvre enfant. »

J'ai froncé les sourcils, et j'ai répondu, « Quoi ? »

Il a levé ses avant-bras avec ses deux paumes ouvertes et en plein vue lorsqu'il disait, « Ce n'est rien. Rien du tout. Nous sommes allés au même lycée. Je l'ai vu comment elle est lorsqu'elle a une crise. Un cousin ou quelque chose de ce genre était son compagnon pour le prom, afin qu'elle ne le rate pas, mais ses parents les ont conduits à l'aller et au retour -- juste au cas où c'était nécessaire. Je ne comprends simplement pas pourquoi ses parents pensent à la laisser conduire. Je pense que vous êtes très noble. »

Il avait un pull, des chemises boutonnées avec des rayures larges, bleues et blanches et une paire de pantalons en velours côtelé et des mocassins. Son visage entier était couvert de taches de rousseur. Il paraissait à peine seize ans. D'ailleurs, il était plus petit et plus lourd que moi. Si je n'étais pas si étonné par ce qu'il venait juste de dire, ça aurait été très facile de l'ignorer complètement.

Telle que la situation était, j'ai craché les mots, « Déblayez le terrain. En plus, qui a besoin de vous ? »

L'imbécile venait juste de ruiner ma vie entière. J'imaginais mon visage sur celui de Jack, le visage de Hazel sur les visages des femmes de Jack – lorsque j'étais un voyeur dans mon dortoir et ils étaient ensemble. Au lieu de cela, j'avais des visions de Hazel en train d'avoir une crise épileptique pendant qu'elle était nue dans mon dortoir et moi devoir essayer de l'empêcher de mordre sa langue pendant que j'appelais frénétiquement les auxiliaires médicaux.

C'était un scénario qui se terminerait avec moi m'obligeant à changer d'écoles ! Je serais obligé d'aller à Ohio University qui est près de chez moi avec plusieurs personnes avec lesquelles j'ai grandi. Je ne serais pas capable de montrer mon visage à Columbus. Comment pourrais-je être un ingénieur civil dans l'état et faire des offres sur des contrats de l'état lorsque j'aurais 40 ans, si les élèves de mon année universitaire à Ohio State me connaissaient comme le gars qui a séduit une jeune femme épileptique et l'a mise dans l'hôpital pendant la première année ? N'importe quelle femme que j'épouserai serait humiliée.

Tout de suite, avec la danse de ligne en face de moi qui allait tout autour de la salle de danse de l'amicale, je commençais à préparer un plan.

J'aurais Jack et Hazel dans le même jeu.

Je laisserai Jack avoir Hazel. Tout ce que je devais faire était de permettre à Hazel de retourner à l'étage des femmes dans notre immeuble de dortoirs, où elle avait arrangé d'y passer la nuit. Je n'étais pas du tout obligé de l'inviter dans mon dortoir – plus jamais. Je serais sain et sauf.

Si elle voulait des relations sexuelles, elle pouvait les avoir avec Jack. Il les donnait à plusieurs jeunes femmes. *Il* pouvait l'épouser et faire son action à côté. Je ne dirais jamais à Hazel ni comment il était ni comment il a volé son essai de première année de mon expérience personnelle et puis il l'a romancé partout. Cela lui apprendrait. Je ne lui dirais pas qu'elle était épileptique. Ça apprendrait à Hazel aussi de ne pas être honnête avec moi, de me mener dans une impasse. Voilà que j'ai eu beaucoup de difficultés pour devenir et être le genre d'homme qu'elle voulait que je sois, et…

Hazel ne pourrait jamais devenir le genre de femme que je voulais qu'elle soit. Je ne pourrai jamais épouser Hazel.

La semaine avant Thanksgiving, j'ai acheté un cadre de la forme du logo d'Ohio State et j'ai inclu mon portrait dans le stade de football américain. Hazel l'avait signé. Les gens pouvaient lire son nom clairement.

Maman m'avait demandé, « Est-ce que nous allons faire connaissance de l'artiste dans quelque temps lorsque nous te visitons au campus ou est-ce que tu vas l'emmener ici, Stan ? »

J'ai dit à Maman, « Peut-être que non. Elle est juste une compagne de première année. Nous ne sommes pas un couple ou quelque chose de la sorte. »

Je n'ai pas parlé à mon papa de mon ordonnance du Viagra. Je n'ai même pas encore utilisé une pilule – pour le moment.

♕10

Je n'ai jamais dit à Jack ce qui m'a embêté à propos de Hazel. Je lui ai dit qu'il pouvait sortir avec elle, s'il voulait.

Jack a dit, « Nan, mon cher camarade de chambre. Elle n'est pas mon genre. »

J'étais étonné et la réaction s'est manifestée sur mon visage.

Jack a demandé, « Quoi ? »

Je lui ai posé la question, « Tu as un genre spécial ? »

Il a dit, «Ben ouais – rapide, légère, et très contente. Hazel est trop silencieuse et sérieuse pour moi. Si je la prendrais au lit, elle penserait qu'elle avait une importance pour moi. Je ruinerais sa vie. Elle ruinerait ma vie. Pas comme quelques unes des meufs qui m'apprécient pour qui je suis – un pénis content.

Je leur dis, 'Je suis un pénis et rien d'autre.' Elles aiment cela ou sinon elles s'enfuient – rapidement. »

Puis ses yeux se sont rétrécis, et il a demandé, « Est-ce qu'elle est bonne? »

J'ai répondu, « Comment pourrais-je savoir ? »

Jack a dit, « Hé, mec, nous devions te pousser à avoir des relations intimes. Ce n'est pas sain de ne pas avoir une meuf. Viens avec moi pour boire ce week-end. On te trouvera quelque chose. »

J'ai noté qu'il n'a pas dit 'quelqu'un.'

Il a ajouté, « Ça ne prend pas de la technique, mec, mais ça prend des statistiques. Tu dois demander à dix, vingt meufs par semaine – au moins. Tu dois avoir un seul *Oui* d'une nouvelle chatte pendant toute la semaine. Avec cela et toutes les répétitions, tu auras une bonne situation. De plus, nous savions tous qu'on partage les mêmes d'environ 10 à 20 pourcent des femmes – les 10 à 20 pourcent qui veulent jouer rapidement et de manière légère – celles qui aiment la variété autant que nous. Les meufs qui veulent un attachement ne sont pas mon truc. Elles attendent de la planification. Elles attendent à un futur. C'est tout à propos de ce soir. »

J'ai dit à Jack, « Je ne peux pas aller boire avec toi. Je suis un mineur. De plus, *tu es* un mineur. Où est-ce que tu vas pour boire, Jack ? »

Il m'a posé la question, « Tu as un billet de $20 disponible ? »

J'ai dit, « Pour la bonne intention je l'ai. »

Il m'a dit, « Prends ton manteau, et viens avec moi. Apporte avec toi ton billet de $20. »

J'ai demandé, « Pourquoi ? »

Jack a dit, « On va te faire avoir une carte d'identité à utiliser. Je connais un étudiant qui étudie le journalisme qui est bon dans ce genre de truc. Il partage un appartement avec un gars qui étudie l'informatique. Entre les deux, ils ont toutes les capacités nécessaires. Mais je vais devoir te bander les yeux. »

Je me suis arrêté sur mes pas dans la direction de mon placard afin de prendre mon manteau.

Jack a dit, « Je suis seulement en train de blaguer – à propos du bandeau. Eh ben, tu es très tendu, Stan ! Détends-toi. Tu ne vas pas réussir à vivre jusqu'à 70 ans, si tu restes si tendu. »

Donc Jack m'a emmené au troisième étage de l'appartement vers le côté du quatrième – vers la foire de l'état mais pas si loin – ce côté des rails. Il y avait une sono éblouissante et quelques centaines de CDs pour jouer là-dedans. La place entière sentait l'encens, et je savais que ça voulait dire qu'ils étaient en train de masquer l'odeur du cannabis. Pour quelle autre raison un gars brûlerait-il de l'encens ?

L'étudiant étudiant le journalisme de quatrième année m'a offert une cannette de bière, et nous étions en train de parler pendant quelque temps. Je leur ai presque dit que j'ai découvert que Hazel était une épileptique et que j'étais impuissant, donc c'était équilibré, mais je me suis empêché à dire ces mots. Je me suis fait une résolution ferme de ne jamais être ivre avec ce genre de personnes et confesser tout ce qui était dans ma vie. Ça serait insupportable de vivre avec ce genre d'indiscrétion.

Regarde mon père. Il s'enregistre même comme un indépendant, comme ça quelqu'un qui a la liste de votants pour solliciter ne saurait jamais qu'il a un parti politique de préférence.

La devise de mon père était, « Couvre ton cul, Stan, couvre-le et garde le couvert. Tu ne sais simplement pas qui est en train de te regarder. »

Mon expérience avec Jack était la preuve absolue de cette devise. Il disait à ses femmes que je dormais profondément, alors que pendant tout ce temps, je les regardais aussi bien lui qu'elles à travers mes cils comme ça aucune des femmes pourraient voir la lueur d'une réflexion sur mes globes oculaires. J'étais absolument certain que j'étais un impuissant voyeur qui avait un tas de Viagra dans une boîte sécurisée et qui attendait l'opportunité de l'utiliser.

Quinze mille jeunes femmes universitaires sur le campus, 50 000 comptant les femmes étudiantes et les femmes dans le personnel, et je n'ai même pas encore rencontré une, et le quart d'hiver venait déjà. Nous étions en train de marcher dans la neige qui était de 0,4572 m pour aller et retourner des cours. Nous étions dans le milieu de la saison de basketball. J'ai déjà dit à mon père que je voulais avoir un siège différent pendant la prochaine saison de football américain.

Je regardais ce qu'il y avait sous les jupes de mes coéquipières de tennis. Je reluquais leurs décolletés à l'étude obligatoire lorsqu'elles n'étaient pas couvertes de pulls. Ouf, j'étais stimulé, mais je n'avais pas bandé! Être stimulé sans avoir bandé était pire que de bander simplement !

Dans peu de temps, l'étudiant étudiant le journalisme de quatrième année a pris une photo digitale de moi pour une fausse carte d'identité. J'ai donné les $20. Jack et moi nous finissons nos bières. Puis nous partons. Une solution rapide, chère Amérique. Donne à un mec $20, attends quelques jours. Tout d'un coup, tu n'as plus socialement 18 ans ; tu as 22 ans et tu peux légalement acheter des boissons alcooliques n'importe où. L'âge adulte pour ceux qui vont donner l'argent.

Lorsque nous étions en train de marcher de retour au campus, j'ai posé à Jack une question, « Quand est-ce j'aurais mon document, ou est-ce que je viens juste de payer $20 pour une cannette de bière ? »

Jack a dit, « Je te l'apporterai lorsqu'ils auront fini de le créer. Tu ne te rappelles même pas comment y aller. Dis-moi tu ne te rappelles pas comment aller à l'endroit. N'importe quelle personne te demande, tu dis que tu as donné à un mec quelconque une photo digitale de ta personne et la carte d'identité est arrivée à ta porte – *pas* à travers la poste. Rappelle-toi de tout cela. »

J'ai posé une autre question à Jack, « Me rappeler de quoi ? Je ne connais rien. »

Jack a dit, « C'est bien, Stan. Hé, tu peux retrouver ton chemin, n'est-ce pas ? Je dois aller quelque part d'autre et voir une personne. »

J'ai répondu, « Un *corps*, tu veux dire. »

Jack a dit tout d'un coup, « Tu ne connais rien de ce que je vois. Tu ne connais rien. »

J'ai dit, « Rien sauf comment retrouver mon propre chemin dans la neige, Jack. Je peux retrouver mon propre chemin dans la neige – retrouver mon chemin pendant que je cherche des lapins de neige. »

Il a rigolé à ces mots.

Il est allé dans la direction du feu tricolore, et moi dans l'autre sens. Il y avait un vent qui soufflait du Canada. À un moment et pendant un autre durant toute l'année, nous avions le vent venant de chaque point de direction de la boussole sauf de la direction de l'Atlantique. L'air sentait la tempête de neige qui allait venir. 15 cm était prévus pour le lendemain matin.

Lorsque je suis arrivé au Mirror Lake, il y avait des empreintes de pas sur la neige qui était au-dessus du verglas au-dessus du lac, mais ces empreintes se sont arrêtées et se sont retournées sur elles-mêmes à côté d'une craquelure. L'air était frais et tranchant avec des trous d'épingle de neige qui tombaient, mais l'étendue d'eau n'était pas pour le moment complètement gelée au point de pouvoir marcher là-dessus. C'était contre les règles du campus, mais les gens le faisaient de toute façon – la plupart du temps pendant le soir lorsqu'ils ne seraient pas attrapés dans l'acte. Un jour l'administration mettra des détecteurs de mouvement et des caméras vidéos de surveillance là-bas et ruinerait le petit plaisir d'être debout au milieu de Mirror Lake au milieu de l'hiver sur le verglas.

Les joueurs de football américain, ceux qui étaient vraiment grands, aiment avoir leurs photos prises lorsqu'ils sont debout dans le milieu de Mirror Lake sur la glace solide au milieu de l'hiver. Parfois, il y a une alarme qui est activée parce qu'un gars est tombé à travers la glace, essayant de faire ce que j'avais décrit avant que la glace qui était en haut du lac ne soit suffisamment épaisse. Pendant quelques hivers elle n'est jamais assez épaisse pour les gars de football américain de traverser. D'autres hivers, tu vois un chemin d'éraflures d'un côté à l'autre à travers une couche de neige de 5 cm – semaine après semaine – pendant la partie la plus froide de l'hiver – souvent mais pas toujours en février.

Ces gens de Tai Chi sont sûrement à l'intérieur quelque part ailleurs pendant le plus dur de l'hiver. Je ne les ai jamais vus au verger pendant la neige.

Une tempête de glace est venu et a tout couvert avec cinq centimètres de verglas. Les tours devaient êtres activées avec l'électricité du générateur.

Hazel me manquait.

Mon professeur de physique était un homme aux alentours de quarante ans.

Je prenais le cours d'Introduction de science fiction comme mon cours obligatoire de lettres. Je savais beaucoup sur la science fiction, donc j'étais sûr que ça allait être un cours facile à réussir.

Un après-midi en février, l'assistant qui enseignait ce cours avait dit, « Il y a des théoriciens de langage qui affirment que le phallus était la fondation originaire de tout. Il y a d'autres qui affirment que le phallus est un mythe. »

Cet assistant était en train de créer du désordre dans ma tête. Nous étions en train d'être enseignés que le pénis n'est pas le phallus, que le phallus est un symbole mythique. Pour moi, on dirait que l'assistant était en train de m'enseigner que mon pénis n'était pas un pénis. Je savais déjà ce fait sans que mes parents payent pour mon éducation à l'université !

Bon, cette leçon avait un usage utile. Pendant les vacances de printemps je pourrais essayer sur mon papa la phrase suivante, 'Qu'est-ce qu'ils t'enseignent à l'université ? Ils m'enseignent que mon pénis n'est pas un pénis.' Je pourrais imaginer comment ce dialogue irait avec mon papa. Cela me dirait quelque chose qui serait utile.

♟11

Ma fausse carte d'identité est arrivée, et Jack a insisté qu'on prenne une pause des classes pendant un week-end et aller à Huntington, West Virginia. Il connaissait des gars à Marshall. Nous irons dans plusieurs bars avec nos fausses cartes d'identité d'Ohio.

Jack a dit, « Je vais t'initier aux clubs de strip-tease, Stan. Tu n'as jamais vécu avant que tu n'ailles à quelques clubs de strip-tease.

Et c'est exactement ce qu'on a fait.

En fait, Jack et deux de ses amis de West Virginia m'ont pris dans le pays d'exploitation minière pour aller dans un petit bar, et nous nous sommes cachés parmi la pression de corps truffés dans l'endroit afin de voir une femme qui portait peu d'habits et qui paraissait dans la trentaine. Si quelqu'un m'a obligé de parier, j'aurais pari que ces seins étaient remplis d'une substance gluante de plastique. Elle était mince. Ses seins étaient énormes.

Elle portait cette tenue très moche qui consistait d'un harnais fin mais fort qui empêchait son g-string d'être enlevé par n'importe qui dans la foule. Elle portait aussi des caches-seins afin de couvrir ses mamelons. Il y avait des glands sur les caches-seins. Ceux-ci tournaient pendant tout le spectacle. Ses cheveux étaient faits chez le coiffeur et étaient empilés. Ses ongles étaient d'un rouge vif sur les mains et les orteils. Elle portait des sandales perlées avec des petits talons. Elles avaient un talon, une semelle, et une tong. Il y avait des perles collées ou cousues dessus, mais comme chaussures elles étaient très fines.

Elle avait souri, mais ça paraissait comme un sourire professionnel. Ce n'était pas un sourire de joie. C'était entouré par l'odeur de la sueur des hommes et de la bière éventée.

La strip-teaseuse est venue avec quelques pièces d'habits sur un harnais qui empêchait les hommes de tirer sa culotte. Elle a jeté un boa de plumes de neuf dollars dans la foule. Les hommes l'ont déchiré et ont mis les plumes dans leurs poches comme des souvenirs. Elle a jeté chaque pièce d'une paire de gants de satin de quinze dollars. Ils étaient le genre que les lycéennes achetaient pour porter au prom.

Elle a déchiré un t-shirt chiné par la teinture qui avait été coupé assez bas pour montrer tout son décolleté tout de suite. Apparemment, la seule pièce d'habits qu'elle avait enlevée qu'elle appréciait était une jupe courte et froncée, qu'elle avait jetée avec précaution dans le gardiennage du videur.

Le reste de l'acte consistait à aller lentement dans la salle du bar et retourner au bar – en se tortillant. Elle se tortillerait dans une direction, et elle se tortillerait de l'autre côté, et partout où elle se tortillait, les hommes mettaient des billets d'un dollar dans les bretelles cousues qui maintenaient son g-string et le côté et le haut et le derrière du g-string. Le seul endroit où elle ne pouvait pas mettre de l'argent était la portion du g-string qui couvrait son entrecuisse et l'endroit en haut de ses fesses.

Presque tous les gars se sont limités à mettre un billet d'$1 sous les élastiques. Ils avaient le droit de pincer l'élastique et de le lever afin de mettre le dollar là-dessous. Ils n'avaient pas le droit de la caresser du tout. Le videur la suivait dans n'importe quelle direction où elle allait et avertissait quelques gars pendant l'acte. Les hommes avaient le droit de glisser des billets de dollars sous ses seins.

Périodiquement, pendant son 'acte,' la strip-teaseuse enlevait des billets de dollars afin de donner de l'espace pour plus. Elle les donnait périodiquement au videur. Le videur robuste, qui paraissait aux alentours de quarante ans, mettait l'argent dans un petit sac avec une fermeture éclaire et l'a fermé.

Vraisemblablement, la strip-teaseuse travaillait pour le pourboire, et le propriétaire du bar travaillait pour les ventes d'alcool. En plus de cet arrangement, ils partageaient peut-être le couvert de $10 d'une manière ou d'une autre. On ne m'a jamais été dit quels étaient les arrangements financiers. J'ai juste donné un billet de dix dollars et j'ai montré ma fausse carte d'identité. Le videur a vérifié mon visage contre celui de la photo, et c'était tout.

La strip-teaseuse allait dans la salle avec confiance, quand quelque chose de différent commençait à avoir lieu. On a vu un des hommes plus âgés mettre $20 sous ses bretelles cousues. Il y avait un mécanisme qui allait de son épaule directement à son g-string. Elle gardait l'élastique en dehors de ses seins, pas sur eux. Les élastiques s'étendaient de chaque épaule jusqu'à l'endroit entre son sein et son bras et de là en bas pour tenir son g-string et de l'empêcher d'être enlevé par la foule.

Lorsque le vieil homme avait mis $20, la strip-teaseuse lui a offert une danse en public. Tout le monde regardait. C'était une partie du spectacle qu'ils ont payé le droit d'entrée pour voir. Elle faisait cette danse pendant quelque temps. Elle allait en haut, elle allait en bas. Quand elle allait en haut, elle mettait ses seins très, très près du visage du vieil homme. À un certain moment, il avait roulé ses yeux – comme s'il était submergé par la proximité de ses seins. Tout le monde rigolait.

Quelques gars sont allés aux toilettes. J'ai deviné qu'ils ne pouvaient plus le supporter et allaient se toucher.

Quand elle avait fini avec le gars de $20, quelques gars ont essayé de voir ce qu'elle ferait pour $10. Elle a offert à chacun une danse devant tout le monde – mais pas aussi longue de durée. De plus, elle ne mettait pas ses seins gigantesques aussi près de leurs visages. Tous ces hommes devaient garder leurs mains à leurs côtés et ne pas essayer de la toucher. Elle pouvait les toucher de n'importe quelle manière, mais ils ne pouvaient pas la toucher. Elle n'a rien fait d'autre avec ses mains sauf les bouger dans l'air comme une danseuse. C'était l'endroit où elle a mis son corps et ce qu'elle faisait avec son corps qui nous intéressaient tous.

Parmi les hommes, quelques uns ont décidé que le pourboire de $20 valait la peine, et qu'il y avait quelques unes de ses danses plus longues et intimes avant qu'elle ne parte d'une façon théâtrale. Dans une demi-heure, j'estime qu'elle a gagné entre $300 et $400. Ce montant comprenant environ $100 à $130 était gagné en dansant en public. Il y en avait trois ou quatre à $20 et peut-être cinq à $10 par personne. Quelques gars l'ont tracée de son décolleté à son nombril avec le bord d'un billet de $5, et elle permettait cela. Mais ils n'avaient pas le droit de la toucher avec un doigt – seulement à travers le papier-monnaie.

Sa routine de strip-teaseuse m'a fait comprendre la banalisation du sexe. Les hommes avaient le droit d'exprimer leur excitation avec des sifflets, des sifflements, et du papier-monnaie appliqué directement sur son corps.

Le fait qu'ils auraient essayé de tirer sa culotte et de la montrer encore plus en public était attesté par la force des bretelles cousues qu'elle portait. En plus, celle-ci exprimait sa compréhension de ce que la loi nécessitait pour elle d'être couverte tout le temps. Toutes les boules de ses seins pouvaient être montrées en public. Seulement les mamelons étaient considérés obscènes d'être montrés en public. Ou peut-être les caches-seins étaient censés d'empêcher les gars de les pincer.

Contrastez cela avec l'acceptation de n'importe quelle mère qui sort un sein qui allaite publiquement dans un bus public afin de nourrir un bébé. Le sein est sorti tout d'un coup, mis en vue publique, le mamelon restant dans la bouche du bébé qui l'anticipe, et puis bébé et sein sont cachés sous une couverture pour bébés. Mais la mère qui allaite n'est pas arrêtée pour sortir son mamelon en public. Quelques personnes détournent le regard, et d'autres personnes regardent avec ahurissement alors qu'elle détourne ses yeux.

Dans le club de strip-tease, les hommes étaient en train de courir aux toilettes pour se toucher, alors que moi je ne bandais même pas.

Ah !

♛12

Les amis de Jack savaient comment organiser une soirée sans être mis en prison. Ils ont assuré que nous sommes partis avec le corps de la foule lorsque la foule est partie – exactement comme lorsque nous étions entrés avec le corps de la foule après qu'une masse s'est formée derrière la porte après notre arrivée. Ils avaient de la nourriture dans le coffre de leur berline pour manger, comme ça la bière que nous avions consommée s'est métabolisée et les émanations étaient mangées et avalées. Il n'y avait aucun problème mécanique avec leur berline. Ils n'ont donné à la police aucune raison de nous arrêter et d'inspecter notre carte d'identité attentivement ou de nous donner une évaluation de sobriété sur le champ. Il n'y avait pas un récipient ouvert d'alcool dans le véhicule. Il y avait de la vodka fermée et du whisky dans le coffre avec le reçu du magasin d'alcool.

Un des amis de Jack a dit qu'il *connaissait un endroit.* Ce n'était pas un bordel. C'était une maison où une fête était en train d'être appréciée.

À un certain moment à l'allée, il m'a dit, « J'ai une *cousine veuve.* »

Peu importe si elle était une veuve ou une cousine ou la femme d'un routier ou la femme d'un militaire pendant une période de service – je ne voulais vraiment pas savoir. J'avais accepté volontairement qu'un ami de Jack avait une cousine veuve quelque part dans une vallée de West Virginia. Soi-disant, elle recevait un chèque de bénéfice qui venait de quelque part et aimait avoir de la compagnie.

Lorsque nous sommes arrivés, chacun des autres trois gars a pris une bouteille fermée d'alcool fort de la malle. On m'avait ordonné d'emmener avec moi une bouteille, mais je n'avais pas vraiment l'intention de boire beaucoup, et j'étais timide pour essayer ma fausse carte d'identité avant la scène du groupe au bar de strip-tease. J'étais le seul du groupe de quatre qui avait marché dans la vieille maison de charpente de bois sans avoir une bouteille tenue par le goulot. L'ami de Jack avait simplement marché vers la porte – aucun coup à la porte ni une sonnerie.

Il a juste employé une rhétorique « Est-ce que quelqu'un est à la maison ? Ne tirez pas. Je viens avec des cadeaux et j'apporte des amis. »

La lumière du porche était allumée, et les chiens étaient en train d'aboyer dedans et dehors, afin d'être certain que c'était vraiment nous. Dans la cabane qui était remplie de duvets et d'une télé à grand écran, il y avait trois femmes qui étaient assez jeunes. Aucune d'elles ne paraissait être de 'l'appât de prison.' Aucune d'elles ne paraissait de façon significative ridée ni trop grosse.

Jack s'est tourné vers moi et m'a posé une question, « Hé, Stan, mon homme ! Laquelle tu veux ? »

J'ai deviné que c'était une bonne chose que j'avais mon comprimé de Viagra enfoui dans mon portefeuille. Tout ce que je devais faire était de trouver une excuse afin de s'enfuir pendant un moment pour le prendre et puis attendre que ça marche.

J'ai annoncé, « Je suis exigeant. »

Les deux amis de Jack ont rigolé.

Celui qui avait dit qu'il avait une cousine sous ce toit m'a posé une question, « OK, laquelle tu es certain tu *ne* vas *pas* choisir ? »

Cette décision était facile pour moi. Si j'allais être dans les mains d'une professionnelle, je ne voulais pas être dans les mains de la plus jeune. Peut-être qu'un autre gars l'aurait choisi.

Le camarade qui avait dit qu'il avait une cousine ici m'avait dit, « Ah, tu veux être un jouet pour les femmes. »

J'ai annoncé, « J'ai besoin d'une boisson, et j'ai besoin d'aller faire pipi. » On m'a montré du doigt les commodités. J'ai fermé la porte et j'ai pris mon comprimé avec une poignée d'eau du robinet.

Lorsque je suis retourné au salon rural, les quatre là-bas parlaient des conditions d'agriculture – ce qui était gelé, ce qui était cassé, ce qui devait être remplacé, ce qui était nouveau, et qui faisait quoi. Je me suis assis à côté de la jeune femme que je pensais préférer.

Après quelques moments, elle m'a demandé si je voulais écouter sa collection de cds. J'ai dit que je le ferai. Je pensais qu'elle allait changer la musique pour quelque chose qu'elle préférait – dû à ma demande d'écouter *ses* cds.

Elle s'est levée et commençait à aller vers les escaliers dans le vieux bâtiment de charpente à bois. L'endroit n'était pas si mauvais, mais je n'inviterais jamais mes parents dans un tel bâtiment. Ils se sentiraient mal à l'aise. Ça sentait de la vieille moisissure qui était masquée par l'aérosol de citron fané.

Lorsque je ne l'ai pas suivie, elle s'est retournée et m'a posé la question, « Est-ce que tu ne vas pas venir ? »

Je me suis levé et je suis parti de la pièce avec elle. Une fois que nous étions en haut et en privé, je savais quoi faire. J'avais regardé Jack assez de fois. L'augmentation de mon équipement avait marché. Elle paraissait avoir un bon moment. Moi aussi.

Après ce moment, j'ai tiré 50$ du rabat intérieur de mon portefeuille, et j'ai mis l'argent sur une table de nuit. C'était ma réserve, mon argent qui me sauverait s'il y a un problème inattendu.

Elle m'a posé une question, « Ça sert à quoi, chéri ? Tu veux de la pizza livrée ici ? »

J'ai répondu, « C'est un cadeau, ma chérie, de moi à toi. Je n'ai jamais passé un aussi bon moment dans ma vie entière. Je peux te donner un cadeau. N'est-ce pas ? »

Elle m'a dit, « Bien sur, chéri. Une femme aime toujours recevoir des cadeaux. Reviens à ton propre gré, mais apporte de l'alcool avec toi. OK, chéri ? »

J'ai répondu, « OK. »

Lorsque je suis retourné à Columbus après ce weekend, j'ai pris le bus après les cours. Je suis allé à City Center Mall. Puis j'ai trouvé ce que je cherchais. Pour environ \$100, j'ai acheté un petit cœur qui était sur un petit collier en or fin, et on me les a mis dans une boîte. Puis je les ai emballés et envoyés par la poste sans mettre une adresse de retour. Je ne connaissais pas l'adresse de la maison de Hazel, mais je savais dans quelle école publique elle enseignait. Je lui ai envoyé le collier à cette école. Pour l'expéditeur, j'ai mis une carte postale qui avait une photo du stade de football sur le campus. Que j'ai acheté de la librairie du campus.

Sur la carte postale, j'ai écrit,

Ma mère aime le portrait.

Merci, Stan

Personne ne réussit à obtenir son diplôme d'Ohio State sans lire *Goodbye, Columbus*, sans apprendre que Thurber était privé de son diplôme à cause de son être trop aveugle pour prendre l'e.p.s. et trop aveugle pour dessiner ce que son professeur avait focalisé pour lui dans le microscope, ni sans être dit où O'Henry était confiné, ni sur le célèbre écrivain de science-fiction/éditeur qui était renvoyé de l'université parce qu'il avait volé à l'étalage de la librairie. Peut-être quelques-unes de ces histoires ne sont pas vraies. Je ne sais pas.

J'ai éventuellement changé ma spécialité. Pendant le quart du printemps j'ai pris un deuxième cours de danse afin de rencontrer des femmes en plus de l'agilité que j'acquiers pour le tennis, et le troisième jour du cours, une des femmes de première année avec qui j'étais partenaire avait les yeux rouges d'avoir pleuré. Quand la musique s'est arrêtée, je lui ai demandé ce qui la bouleversait.

Stella m'a dit, « Mon frère a été convoqué avec son unité de ROTC et… a été… tué… »

Je lui ai donné un grand câlin.

Elle avait chuchoté dans une voix larmoyante, « Papa m'a dit que je dois abandonner tous mes cours de danse et étudier les affaires maintenant – sinon trouver un mari avec qui mener l'entreprise familiale après mon père. »

J'ai laissé échapper, « Je suis volontaire ! »

Elle était dix centimètres plus petite que moi dans ses chaussures de danse et elle avait les cheveux longs et châtain clair qui étaient en chignon pour le ballet.

Stella avait dit, « Tu ne me connais pas et tu ne connais pas notre entreprise. » Puis elle a incliné sa tête, elle m'a regardé et avait ajouté, « Tu es un bon partenaire de danse. »

J'ai dit, « Ce don vient du fait que je joue au tennis depuis que j'avais la hauteur de mes genoux. Mes parents insistent déjà que je prenne des cours d'affaires aussi. »

Stella avait dit, « Nous sommes spécialisés dans les objets de sport. Je joue un peu de tennis. »

J'ai découvert qu'elle vivait dans la tour du nord et sa camarade de chambre avait déménagé sauf pour quelques objets symboliques. La camarade de chambre vivait avec un étudiant de troisième année dans un appartement pas loin de la foire, donc je commençais à passer la majorité de mon temps chez Stella. J'allais à mon dortoir seulement pour prendre une douche et pour changer mes habits la plupart des jours.

Ce qui est très bien avec les conseillers de résidence c'est qu'ils sont des étudiants de troisième cycle qui ne s'occupent pas des affaires des résidents sauf si quelqu'un porte plainte. La camarade de chambre de Stella ne s'est pas plainte. Jack ne s'est pas plaint. Nous ne sommes pas plaints. Personne dans nos étages ne s'est plaint de nous..

Lorsque juin est arrivé, Stella avait eu un billet de Southwest Airlines pour aller à Las Vegas. J'ai eu un billet de Southwest Airlines dans le siège à côté d'elle. Nous sommes allés dans une de ces chapelles de mariage qui n'étaient pas reconnues par notre religion. Nous avons terminé la paperasserie, nous avons payé la somme nécessaire, nous avons dit quelques mots, nous avons eu des mots dits sur nous, nous avons échangé les bagues, et puis nous sommes allés vivre avec mes parents jusqu'à ce que ses parents fussent plus cordiaux et me donnent un emploi pour l'été. Puis elle et sa mère ont passé le reste de l'été à organiser une cérémonie qui était sanctionnée par notre religion en septembre, avant que l'école ne commence. Elle et moi nous gérons le magasin d'objets sportifs les dimanches.

À condition qu'elle et moi nous signalions qu'on gère le magasin à Columbus, aucun de nos parents n'était concerné avec la matière dans laquelle on s'est spécialisé à l'université pendant ce temps – à condition qu'on prenait chacun un cours d'affaires chaque semestre avec leur argent. Nous avons pris les cours ensemble, et nos parents ont payé afin que nous ayons un appartement d'une pièce qui était près de la foire.

Je n'ai jamais dit à mes parents mon 'problème.' Même lorsque nous avons changé à une assurance d'étudiant, j'ai continué à aller à la même clinique communautaire jusqu'à ce que j'ai obtenu mon diplôme. J'étais certain que le campus utilisait des étudiants salariés ; je ne voulais pas qu'ils lisent sur moi. De plus, ils connaissaient Stella, et je ne voulais pas l'embarrasser.

J'ai dit à la clinique communautaire que j'ai eu un meilleur emploi et que j'étais marié. Ils m'ont chargé un prix, et je l'ai payé. Puis, des années plus tard, j'ai donné un don par mandat afin de satisfaire ce que ma conscience ordonnait. C'était moins que ce que valaient leurs services. J'avais toujours espéré que c'était assez pour les rendre capables d'aider quelqu'un d'autre ayant un problème médical.

J'ai éventuellement trouvé mon propre urologue.

Stella et moi nous avons des enfants. Notre fils est nommé après le frère de Stella. Comme la plupart des gens, je me pose la question parfois si j'allais être capable de garder mon mariage plus ou moins intact. Quand les choses ne vont pas bien, je sors avec ma femme – du dîner et de la danse.

Je lui dis toujours la même chose, « Je suis allé dans un club de strip-tease une fois avant de te rencontrer. Tu es beaucoup plus pour moi, et je veux que tu saches que je comprends ce que je serai sans toi. Qu'est-ce que je pourrai faire pour que notre mariage réussisse ? Je veux vraiment que ça réussisse. »

Mais si je suis vraiment en colère, je lui dis, « Si tu ne me veux pas, je connais une meuf dans une vallée de West Virginia qui voudrait m'avoir volontiers et peut-être une autre à Upper Arlington qui me prendrait. Qu'est-ce que ça va être ? »

Oh, et j'ai une vitrine de trophées qui contient quelques belles trophées que j'ai gagnées comme un joueur de tennis, mais cela est un différent quart de l'histoire de ma vie. Les quatre morceaux de l'histoire de ma vie ? Le pénis, la famille, l'emploi, et le tennis – à peu près dans cet ordre.

Des questions de discussion sur le livre

1. De quelle(s) manière(s) Jack est-il un guide pour Stan ?

2. Est-ce que vous considérez Hazel comme une victime parce qu'elle avait été rejetée à cause de son infirmité, ou est-ce que vous voyez ses expériences avec Stan être des opportunités pour se développer comme une personne ? Pourquoi ?

3. Est-ce que vous pensez que les parents et les administrateurs d'université veulent que les étudiants de première année soient logés ensemble pour les protéger des expériences sexuelles ou est-ce que c'est pour encourager ces élèves d'accepter leur sexualité dans un contexte de pairs et non pas dans la population en large ? Pourquoi pensez-vous que c'est comme ça ?

4. Trouvez les problèmes moraux que Stan rencontre dans sa vie comme étudiant de première année à l'université.

5. Est-ce que le point de vue de narration du premier personnage limité ajoute ou diminue de l'histoire ? Pourquoi ?

6. Est-ce que l'utilisation du présent dans la narration est positive ou négative pendant l'expérience de la lecture de cette histoire ? Pourquoi ?

7. Est-ce que vous considérez que la concentration touffue du roman est un atout ou une faiblesse de la pièce ?

8. Pourquoi est-ce que la longueur du livre est un atout ou un handicap comparé à ce que vous imaginez une version de 300 pages pourrait être ?

mdew.org

À propos de l'auteur

Lionel Jonkin est un étudiant de troisième cycle à l'University of Maryland et il a vécu pendant longtemps dans les environs de Washington, D.C.

lioneljonkin@usa.com

À propos de la traductrice

Selma Khenissi a une licence en littérature anglaise et un diplôme en études religieuses de l'University of Maryland, College Park. Elle vit dans l'état de Maryland.

Les notes :